光文社文庫

文庫書下ろし／長編時代小説

旅立ちの虹

はたご雪月花

有馬美季子

光　文　社

この作品は光文社文庫のために書下ろされました。

目次

はたご雪月花

第一章　不思議な客と三人の女

一

よく晴れた空に燕が飛び交っている。

文化二年（一八〇五）、卯月朔日。浅草山之宿町の隅田川沿いにある旅籠〈雪月花〉では、女将の里緒が澄んだ声を響かせていた。

「さあ、今日も張り切って参りましょう」

「はい。よろしくお願いします」

雪月花で働く者たちが笑顔で答える。

「こちらこそよろしくね」

里緒も皆に笑みを返した。

雪月花は里緒の祖父母の代、宝暦五年（一七五五）から営まれており、創業五十年になる。

齢二十三の里緒が二親の跡を継ぎ、この旅籠の女将となったのは昨年のことだ。一昨年の秋に、二親が亡くなったからである。信州諏訪へと湯治に出かけ、その帰りに板橋宿に寄った際、王子稲荷近くの音無渓谷で川に落下したのだ。

その辺りは御府外となり、代官が調べたところによると、景色に見惚れていて足を滑らせたのではないかとのことだった。報せを聞いて駆け付けた里緒は、悲しみに暮れながらも、なにやら解せなかった。二親とも高い場所が大の苦手で、渓谷を訪れるとは思えなかったからだ。

そのことを代官に伝えてみたものの、事故による死と言い渡された。里緒は涙を呑んで、辛い事実を受け止めるしかなかった。だが一年半近く経った今も、里緒は二親の死について、どこか釈然としない思いを抱いている。

父親の里治と母親の珠緒は、一人娘の里緒をとても可愛がって育ててくれた。里緒は十七の時から、雪月花で二親の手伝いをしていた。二親は、里緒に婿養子をもらい、旅籠を継いでほしいようだった。

浅草小町などと呼ばれていた里緒に、縁談はいくつもあった。だが、その美しさが災いしてか、里緒は選り好みが激しいのだった。そのうえ、小さい頃から勘が鋭い。

見合いをしても、この男は二枚目だけれど性質が悪そうだ、この男は非の打ちどころがないように見えて偏屈そうだ、などと察してしまう。すると急に冷める。そうして里緒は、二親に咎められても、縁談を断り続けた。おかげで未だに独り身である。外見は嫋やかに見えるが、その実、頑固な一面を持っているのだ。

二親は、そのような里緒を心配しながら、逝ってしまった。

――こんなことなら、選り好みしていないで、早く花嫁姿を見せてあげればよかった。

里緒は悔やみ、悲しみが込み上げた。その時、励まし支えてくれたのが、雪月花で働く者たちだった。

――これからは里緒様が中心となって、この雪月花を守り立てて参りましょう。それこそが、亡くなられたご主人様とお内儀様への一番の手向けとなります。

そう言ってくれたのだ。

二親が逝ってしまったことは辛いけれど、いつまでも落ち込んでいる訳にもいかない。旅籠で働く者たちのことだって、考えなければならない。

里緒は悲しみを堪え、店を守っていくことを、二親の仏前で気丈に誓った。

こうして里緒は雪月花の三代目の女将となり、番頭や仲居や料理人たちと一緒に、日々張り切っている。

色白ですらりとした里緒は、髪先から爪先にまで、美しさが行き渡っている。顔は卵形、切れ長の大きな目は澄んでいて、鼻筋は通っているが高過ぎず、口は小さめで唇はふっくらとしている。黒目勝ちの里緒は、白兎に喩えられることがある。子供の頃から踊りを習っていたので、立ち居振る舞いも麗しい。思いやりがあり、優しい笑顔の里緒は、美人女将と評判であった。

番頭の吾平や仲居頭のお竹も、里緒の縁談を進めようと一時は張り切っていた。だが、里緒がまったく乗り気ではないので諦めてしまったのか、近頃はもう煩く言ってこない。里緒は里緒で、このまま理想の男が現れなければ、女将の仕事をまっとうして生きていくと断言していた。

里緒のそのような心意気が功を奏しているのか、雪月花は代替わりした今、以前にも増して繁盛している。淑やかでいてしっかり者の里緒は、お客たちにも雇い人たちにも、頼りにされていた。

五つ(午前八時)近くになり、仲居たちが朝餉の膳を運ぶ。料理人の幸作が作った品書きは、鰆の焼き物、筍と若布の煮物、蕪と豆腐の味噌汁、蕪の漬物。それにご飯、納豆がついている。

お客たちが泊まる部屋は二階にある。十部屋あるうちの、八部屋が塞がっていた。

「おはようございます。朝餉をお持ちしました。こちらに置いておきますね」

仲居が声をかけると、お客は眦を下げる。この旅籠の常連で、駒込にある老舗菓子屋の大旦那だ。この時季はあちらこちらの寺社で秘仏の開帳が多く、それらを参拝しに訪れていた。

「旨そうな匂いだ。この宿は料理も魅力だからな。小綺麗な部屋と、丁寧なもてなしはもちろんだが」

そのようなことを口にしながら、早速朝餉に箸を伸ばす。

この辺りには浅草寺をはじめ寺社が集まっており、遠方から訪れた者たちが参詣の後に泊まることが多かった。吉原にも近いので、やはり遠方から遊びにきた者たちが、帰りに泊まっていくことがある。

また隣の花川戸町は料理屋や居酒屋が多くて賑わっているところなので、そちらに遊びにきて帰りが遅くなってしまった者たちが訪れることもあった。桜の季節になると、隅田川沿いの桜並木を部屋からゆっくり眺めようと、泊まりにくる者も多かった。

気候がよいので障子窓を開け、眩しい若葉を眺めながら、客たちは朝餉を食べる。今いる客は皆、町人だ。

「旅籠で食べる飯というのは、どうしてこんなに味わい深いんだろう」

客の満足げな顔を見て、仲居も嬉しくなるのだった。

仲居たちが戻ってくると、一階の広間で、皆で急いで朝餉を食べる。お客たちに出したもののあまりである。

「今日お発ちになるのは六人で、お越しになるのが五人です」

吾平が、味噌汁を啜りながら報せる。お竹は蕪の漬物をぽりぽりと齧って、息をついた。

「最近は宿泊なさらずに休憩で利用されるお客様も多いから、今日も昼間は一杯になってしまいそうですね」

「密かに逢引する人や、密かに話し合いをする人たちって、結構いますよね」

「怪しげな人たちも、たまにいるわね」

仲居のお栄とお初も、煮物を味わいながらよく話す。

「昼間だけのお客様の中には、うちのお料理を目当てに来てくださる方が多いのよ。幸作さんのお料理に舌鼓を打ちながら、お仕事のお話をなさると、上手くいくのですって」

鰆の塩麹焼きを食べる手を止め、里緒は幸作に微笑みかける。幸作は照れた。

「それは光栄です。そんな風に仰ってもらえると、ますます張り切ってしまいます。俺、料理がとにかく好きだから」

「頼もしいわ。これからも、お客様の胃ノ腑と心を摑むお料理を、お願いしますね」

「はい。頑張ります」

幸作は頷き、納豆ご飯を頰張った。

雪月花で働いている者たちは、里緒を含めて六人だ。

最年長で番頭を務める吾平は五十五で、雪月花で働いて三十年になる。商いに秀でており、躰も頑健で、里緒に頼りにされていた。ずっと通いで勤めていたが、女房に先立たれ、子供も独立しているので、昨年からは住み込みで働くようになった。里治が亡くなって雪月花に男手がなくなり、里緒が心細げだったたからだ。吾平は、この旅籠の用心棒代わりでもあった。

仲居頭を務めるお竹は四十二で、こちらも雪月花に勤めて二十年以上の古参である。背筋がすっと伸び、所作もきびきびとしていて、まさに竹の如き佇まいだ。若い仲居のお栄とお初を指導しており、時に厳しく叱ることもあるが、普段は温かく見守っていた。

お竹は三十年前に所帯を持ち、暫く通いで勤めていたが、十年前に離縁してからは住み込みで働いている。離縁に至ったのは、どうやら元亭主の浮気癖が原因のようだった。

今では独り身の吾平とお竹は、夫婦となってはいないものの、いい仲で、里緒の親代わりのようなものである。里緒もまた、子供の頃から馴れ親しんでいるこの二人を、とても信頼し、実の親のように慕っていた。

仲居を務めるお栄は十八で、雪月花で働くようになって三年目だ。武蔵国は秩父の百姓の娘で、大柄で明るく、至って健やかである。客の前では気をつけているが、気が緩むと自分のことをつい「おら」と言ってしまい、お竹に窘められることがあった。

同じく仲居を務めるお初は十七で、雪月花で働くようになって二年目である。

下総国は船橋の漁師の娘で、小柄で愛嬌があり、毎日てきぱきと働いている。お栄と仲がよく、休憩の時に二人でお喋りに夢中になり過ぎて、お竹に叱られることもあった。

お初は、里緒が女将を務めるようになってから、お竹が信頼のおける知り合いに頼んで雇い入れた者だった。お竹に指導され、二年目の今ではすっかり馴染んでいる。

料理人を務める幸作は二十八で、雪月花で働くようになって七年目だ。それまでは日本橋の料理屋で修業をしていた。腕がよく、幸作が作る料理は雪月花の目玉になっている。毎日板場で奮闘している幸作はまだ独り身で、里緒に仄かに憧れている。それゆえ里緒に褒められると嬉しくて、さらに腕を磨こうとする。それでまた雪月花の料理の評判が、一段とよくなるのだった。

雇い人たちの中で今、通いで働いているのはこの幸作だけで、あとの四人は住み込みである。二階はお客の部屋になっているが、一階には彼らの部屋と、里緒の部屋、皆で集まったりご飯を食べたりする広間、帳場、内湯、厠などがあった。

内湯と厠は、客用と里緒たち用とに分かれている。客用の内湯と厠はまた、男用と女用とに分かれていた。

里緒たちが和気藹々と朝餉を食べているこの広間には、囲炉裏があるので、寒い季節はここで鍋を楽しむこともできた。

朝餉を食べ終え、里緒は満足げな笑みを浮かべた。

「ああ、美味しかった。これで今日も張り切って働くことができるわ」

皆も笑顔で頷き、ご馳走様でした、と胸の前で手を合わせた。

朝餉が済むと、頃合いを見計らって、お客たちが食べた膳を下げに、里緒も仲居たちと一緒に二階へ上がる。その時に、里緒はお客へ朝の挨拶をするのだ。

「おはようございます。お寝みになれましたか」

するとお客は目を細める。

「ぐっすり眠れたよ。女将直々に挨拶してくれるなんて嬉しいねえ」

「よろしかったです。お発ちになるまでまだお時間がございますから、ごゆっくりなさってくださいい。お発ちになります時、お昼のお弁当をお渡しいたしますので」

「至れり尽くせり、いつも本当にありがたい。そのような心配りが嬉しくて、またこちらに泊まりたくなってしまうのだよ。……女将の顔を見たいというのも、もちろんあるが」

お客に見つめられ、里緒は口元にそっと手を寄せる。

「まあ、嬉しいお言葉、まことにありがとうございます。とても励みになりますわ。また是非お泊まりいただけますよう、一同、精進して参ります。今後とも、どうぞよろしくお願いいたします」

里緒は三つ指をつき、仲居たちと丁寧に礼をする。その淑やかな姿を、お客はお茶を啜りながら、満足げな笑みを浮かべて眺めるのだった。

こうして挨拶をしながら膳を下げると、里緒は自分の部屋に行き、鏡を見て身だしなみを整える。

島田髷に結った漆黒の艶やかな髪には、母親の形見の櫛と簪を挿している。今日の里緒は、白藤色の着物を纏い、水色の半衿で胸元を洒落させて、紫紺色の帯を引き抜き結びで締めていた。後ろにふんわりと膨らみを持たせたこの帯結びは、柳腰の里緒によく似合っている。

白藤色の着物も、里緒の色白の肌をいっそう映えさせ、とても似合う。半衿とは襦袢に縫い付ける替え衿のことだが、里緒は着物に合わせて半衿の色や柄を変え、装いを楽しんでいた。

鏡に向かって、里緒は紅を塗り直した。小指にそっと取り、唇に薄く伸ばす。雀の啼き声が聞こえて、裏庭に目をやった。

部屋に面した小さな裏庭には、里緒の好きな椿の木が植えられている。暑い時季には涼しげな白い夏椿が、寒い時季には艶やかな紅い冬椿が咲いて、目を楽しませてくれる。里緒は障子を少し開けて、裏庭を眺めた。この時季は、花は見られず新緑で青々としているが、それがまた清々しい。

爽やかな風が吹いてきて、目を細める。里緒は、白い椿の花の如く薫り立っていた。

それから里緒は帳場へ行き、吾平に大福帳を見せてもらって、昨日の入費と出費を確認した。このところ黒字が続いているので、里緒は安堵する。寒い時季には油代や蠟燭代のほかにも炭代が結構かかるので、暖かくなってきた近頃ではそれらを削減できることもありがたかった。

「順調のようね。抑えるところは抑えて、でも、お客様へのおもてなしには惜しまず、これからも頑張って参りましょう」

背筋を伸ばす里緒に、吾平は微笑んだ。

「新しい女将も板についてきましたからね。女将に癒されにいらっしゃるお客様も増えて、だいぶ余裕が出てきましたよ。先代のお二人がお亡くなりになった時には、先行きどうなるかと正直不安でしたが、まったくの杞憂だったようです」

里緒は吾平に微笑み返した。

「皆が私をしっかり支えてくれるからよ、辛いことを乗り越えて、やっていけているのは。吾平さんはもとより、皆には本当に感謝しています。……まあ、毎日忙しいというのがいいのかもしれないわね。悲しみに暮れている訳にもいかないから」

吾平は大きく頷いた。

「女将は小さい頃から、しっかりなさってましたよ。普段はおとなしく、お淑やかなんですけれどね。芯が強いというか、まあちょっと依怙地というか」

「依怙地……なのかしらね。確かに、これはどうしても曲げられない、という拘りはあるけれど」

「お客様のもてなしにも拘りがありますよね、女将は」

里緒は吾平を見つめ、膝を進めた。

「そう、おもてなしは大切よ。ねえ、吾平さん。余裕があるようなら、川開きが始まる前に、襖の張替えをしましょうよ」

「ああ、それはいいですね。障子のほうは昨年師走に張り替えたから、暑い季節が来る前に今度は襖を張替えますか」

川開きの日は毎年皐月二十八日で、その日から葉月二十八日まで、両国で花火が打ち上げられる。その間は、それを見物する人々や、大川で舟遊びをする人々で賑わう。花火は江戸の名物になっており、方々から人が集まってくるので、旅籠の書き入れ時ともなるのだ。

気になっていた襖の張替えを取り決め、里緒はほっとする。お客が寝泊まりするところは、できる限り小綺麗にしておきたいからだ。

里緒は吾平と、本日の見積もりを立てていった。本日に発つお客、訪れるお客、休憩で利用しそうなおおよその人数などを考慮する。

「四つ（午前十時）前に発たれるお客様は六人で、午後に訪れるお客様は五人だから、空いているのは三部屋ということね」

「隣の花川戸町の酒屋さんたちの寄合で、八つ（午後二時）から七つ（午後四時）までお貸しすることになっています。軽い料理を出してくれと頼まれましたので、シラスと梅干しの茶漬けをご用意しようと思っています」

「承知しました。何人ぐらいいらっしゃるの。お部屋は一つで間に合うかしら」

「それは大丈夫です。六人ぐらいのようですから」

「なら心配ないわね。とすると、急なお客様をお通しできるのは、二部屋ということね」

　雪月花に一泊する代金は、二食に弁当がついて、一人およそ五百文（もん）である。休憩の場合は一部屋百五十文で、これに人数分の料理代や酒代が加算される。それらを考慮し、里緒と吾平は算盤（そろばん）を弾いていく。

　その間、仲居たちは折を見て客の部屋にお茶や菓子を運んだり、掃除、洗濯をしたりと忙（せわ）しない。板場では、朝餉の皿を洗い終えた幸作が、早速、弁当の仕込みにかかろうとしていた。

　旅籠では普通、朝餉と夕餉は出すが、昼餉は出さない。だが雪月花では、その日に発つ客には、昼飯用に弁当を持たせることにしている。この弁当がまた美味しいと評判で、客たちの間では雪月花弁当と呼ばれ、愛されていた。

　ちなみに本日の雪月花弁当の品書きは、梅干しと鰹節（かつおぶし）の握り飯、玉子焼き、鶏（とり）団子、筍と椎茸（しいたけ）と絹さやの煮物、牛蒡（ごぼう）と唐辛子のピリ辛漬物だ。丁寧に詰め合わされた彩りのよい弁当は、受け取った者たちがそれを開けた時、顔をほころばせるに違いない。

四つ近くになると、発つ客たちは弁当を受け取り、「必ずまたくるよ」という言葉を残して、笑顔で旅籠を出ていった。

里緒は、藍染の半纏を羽織って、お客たちを見送った。この半纏の衿には「雪月花」と旅籠の名が、背中には雪と月と花を組み合わせた屋号紋が、染め抜かれている。

里緒はお客を迎え入れる時と見送る時は、旅籠の名と紋が入ったこの半纏を必ず羽織ることにしている。それは吾平とお竹も同様だが、吾平はほぼ常に纏っていた。

お客たちを送り出した後で、里緒と仲居たちは部屋を急いで片付ける。仲居たちが隅々まで丁寧に掃除し、里緒は飾っている花の水の取り換えなどをする。今の時季は芍薬を飾っているが、艶やかな大輪の花は、部屋に華やぎを与えてくれていた。

それが終わってようやく昼餉となり、握り飯と漬物で簡単に済ませ、新しいお客たちを迎え入れる準備を始める。洗濯して乾かした手ぬぐいに火熨斗をかけ、お湯を沸かして盥に張る。

そうこうしているうちに八つになり、新しい客が訪れる。里緒、吾平、お竹は丁寧に迎えた。

「ようこそいらっしゃいませ。当旅籠をお選びくださってまことにありがとうございます。どうぞごゆっくりお寛ぎくださいますよう。何かございましたら、私どもになんなりとお申しつけくださいませ」

里緒の挨拶に、お客たちは顔をほころばせ、荷物を下ろして、上がり框に腰かける。お栄とお初がお湯を張った盥を運んできて、お客の足を洗い清め、手ぬぐいで拭う。

玄関の右手に階段があり、吾平が客の荷物を持って部屋へと運ぶ。里緒に案内されて客が部屋へ入ると、お竹が茶を運んでくる。そこで里緒とお竹の二人が、改めて客に挨拶をするのだった。

雪月花に一泊する代金は、九尺二間の裏長屋の一月分の家賃ほどだ。休憩で使うにしても、居酒屋で下り酒三合につまみ五品を呑み食いするほどかかる。お代をいただく以上は、最善のもてなしをしようと、里緒は常に心がけていた。

本日も、新しい客、花川戸町の酒屋の寄合、密かに忍び逢っている休憩の客などを迎え入れ、忙しなく時は過ぎていく。

寄合と休憩客を送り出した七つを過ぎて、里緒たちは一息ついた。広間に集まり、煎餅とお茶で和む。

「今日のお客様の中で、初めていらした方は三人ですね。目黒にお住まいの方、下野国の那須にお住まいの方、そして武蔵国の府中にお住まいの方」

お竹は姿勢よく、音を立てて煎餅を食べている。朝からちょこまかと働いてお腹が空いたのだろう、お初も小柄ながらよく食べ、よく話す。

「府中からのお客様って、名主さんみたいですね。どうりで上品だと思いました。お召し物も高そうで、履物もいいものでしたし」

「番頭さんと同じぐらいの歳でしょうか。白髪が多いから、もう少し上かしら。名主さんらしい風格がありますよね。どんなご用で江戸へいらしたのでしょう」

大柄なお栄も、煎餅を食べる手が止まらない。お竹はお茶を啜った。

「もしや、馬喰町の旅籠にあぶれて、こちらに流れていらしたのかもしれませんね」

「何かの公事で江戸へいらしたということですか」

「名主さんなら、村の代表として皆の訴えを伝えにきたのかもしれませんね」

身を乗り出すお初とお栄に、お竹は頷く。

ちなみに馬喰町は公事宿が立ち並ぶところで、山之宿町とそれほど離れてはいない。公事宿とは、訴訟や裁判のために地方から出てきた者たちを泊める宿のことである。馬喰町まで出てきたものの、目当ての公事宿が満杯で、空きが出るまで雪月花で宿泊して待つという客も、たまにいるのだ。

皆の話を聞きながら、里緒は溜息をついた。

「お客様の詮索はほどほどにね。公事などのために出ていらしているのなら、よけいに触れられたくないでしょうし。お客様に訊ねたりしたら、絶対に駄目よ」

「あ……申し訳ありません。気をつけます」

お栄とお初は首を竦め、頭を下げる。

その上品な客は、本人が宿帳に記したところによると、〈武蔵国府中、名主、宝田伝兵衛〉なる者だった。

伝兵衛は風呂に入る前に夕餉を済ませたいとのことだったので、六つ（午後六時）を過ぎた頃お竹が夕餉を運び、その時に里緒もついていった。

里緒は再び丁寧に挨拶し、伝兵衛に酌をする。すると伝兵衛は相好を崩した。

「いい御宿ですな。窓からの眺めもよく、すっかり気に入ってしまいました。隅田川の景色がこれほどよく望めるなんて、私の日常では考えられませんからね。是非、定宿にさせてもらいますよ」

伝兵衛はほっそりとしていて、顔立ちも所作も上品、話し方も穏やかだった。

「ありがとうございます。まだまだ至らぬところもございますが、皆で力を合わせて精進して参りますので、今後ともどうぞよろしくお願いいたします」

丁寧に辞儀をする里緒を眺め、伝兵衛はにこやかに頷いた。

本日の夕餉は、筍ご飯、牛蒡と油揚げの味噌汁、鯵の塩焼き、蕗の煮物、タラの芽の天麩羅、牛蒡の漬物だ。

伝兵衛は目を細めて味わった。

「いやあ、いずれもとてもよいお味です。薄過ぎず、濃過ぎず、絶妙な味付けなので、箸が止まらなくなりますよ。今の時季の素材を楽しめて躰にもよさそうな膳で、ありがたいです」

「お気に召していただけて、よかったです。お褒めのお言葉、料理人も喜びますわ」

里緒は嫋やかにお茶を注ぐ。伝兵衛は箸をいったん休め、お茶を啜って息をついた。

「ところで、お願いしたいことがあるのですが」

「はい、どのようなことでございましょう」

里緒は背筋を正す。

「できればでいいのですが……。明日、私を訪ねてくる者がおりますので、その時、その人に何か美味しいものを作ってあげてほしいのです。もちろん、そのぶんのお代も、追加でちゃんと払わせていただきます。こちらのお料理は見事ですので、私の来客にも是非振る舞いたいと思った次第です」

「そのようなことでしたら、もちろん、ご用意させていただきます。宝田様のお客様にご満足していただけますようなお料理、うちの料理人が腕を振るって必ずお作りいたします」

「それは頼もしいです。よろしくお願いいたします。来客があるのは、恐らく八つぐらいでしょうから、この夕餉のようにしっかりしたものでなくて構いませんので。茶漬けや蕎麦などで充分です。そのようなお料理を、お願いできますか」

「かしこまりました。料理人に伝えておきます」

里緒と伝兵衛は、笑みを交わした。

日が暮れる頃、入口の軒行灯に明かりを灯すと、雪月花という旅籠の名が柔らかく浮かび上がる。軒先にかけられた暖簾が、夜風にそよぐ。旅籠に面した隅田川には、猪牙舟が行き交っていた。

お客たちは夕餉と風呂を済ますと、部屋で銘々寛ぐ。四つ（午後十時）に消灯となるが、廊下に掛け行灯がいくつか灯っている。火の番は、吾平、お竹、お栄、お初が交代で務めていて、今宵はお栄が当番だった。暁七つ（午前四時）まで、火の元の注意をするのだ。途中でうとうとすることもできるが、この番に当たった者は、その朝は五つ（午前八時）近くまで寝ていてよいことになっていた。

幸作は五つ（午後八時）に帰ってしまうので、誰もいない板場で、里緒は簡単な料理を作った。あまった筍ご飯で握ったおむすびと、タラの芽とシラス入りの玉子焼き。皮を剝いて茹でたタラの芽を細かく刻んで、シラスと一緒に卵と混ぜ合わせ、少々の塩と醬油で味付けし、胡麻油でこんがり焼いたものだ。

板場に、芳ばしくてちょっぴり甘い、玉子焼きの匂いが漂う。旅籠の料理はすべて幸作に任せているが、里緒は実は、料理をすることが好きなのだ。

里緒は握り飯と玉子焼きを皿に載せて、お栄に渡した。

「火の番、よろしくお願いします。お腹が空いたら、召し上がってね。ごめんなさいね、いつも頼りにしてしまって」

「そんな。女将さんに頼りにしていただけて、嬉しいです。それに……私、火の番、結構好きなんです。だって、女将さんが作ってくださるお夜食にありつけますから。密かに楽しみにしてるんですよ」

お栄は皿を受け取り、ふっくらした丸顔に笑窪（えくぼ）を作る。里緒もつられて微笑んだ。

「まあ、嬉しいことを言ってくれるのね。私はこれぐらいのものしか作れないけれど」

「いえ、とっても美味しいです。今日は玉子焼きだから、一段と嬉しくて。私、玉子焼き、大好きなので」

「知っているわ。だから腕によりをかけて作ったのよ。お栄さんに喜んでもらおうと思って」

里緒はお栄の肩に、そっと手を置いた。

「後はよろしくお願いします」

「はい。おやすみなさいませ」

「おやすみなさい」

里緒はお栄に礼をし、廊下を歩いていった。自分の部屋で一息ついた後、風呂に入り、部屋へ戻って肌を整える。清潔な浴衣(ゆかた)が心地よい。心が安らぐひと時だ。

それから仏壇に手を合わせた。亡くなった祖父母と父母の位牌が置いてある。

――今日も無事、一日を終えることができました。皆元気に働き、お客様にも喜んでいただけました。見守っていてくださって、本当にありがとうございます。

里緒は毎日、寝る前に、先祖へ礼を述べる。周りの者たちに支えられて、自分がどうにか女将としてやっていけているのも、ご加護のおかげと、心より感謝しているのだ。

里緒はいったん目を開け、そしてまた閉じて、願った。

――今夜の火の番はお栄さんです。何事も起こりませんよう、無事に夜明けを迎えられますよう、どうかお栄さんをお見守りください。

再び目を開けると、裏庭のほうからなにやら虫の音が聞こえてくる。ハタオリのようだ。

雨戸を閉めようと、里緒は障子を開いた。朔日の夜、空に月は見えないが、いくつもの星が瞬(またた)いている。里緒は虫の音を聞きながら、暫く星を眺めていた。

夜には、椿の葉の匂いが、いっそう漂ってくるようだった。

二

次の日の午下がり、伝兵衛の言葉どおり、一人の女が彼を訪ねてきた。女の年齢は里緒と同じか少し上ぐらいだろうか。桜色の着物を纏い、姿勢がよく、整った面立ちだった。

「いらっしゃいませ。宝田様からお話は伺っております。ごゆっくりなさってください」

里緒が挨拶し、お栄とお初が足を濯ごうとすると、女は拒んだ。

「近くから参りましたので、結構です」

「あ……はい」

お栄とお初は、里緒の顔を見る。里緒は二人に目配せし、女に頭を下げた。

「これは申し訳ございません。すぐにお部屋にご案内いたします。どうぞお上がりください」

女は黙って草履を脱ぎ、里緒に続いて二階へ上がっていく。里緒が女を伝兵衛の部屋へ通すと、すぐにお竹がお茶を運んできた。

「後ほどお食事をお持ちいたします。ごゆっくりどうぞ」

里緒とお竹は礼をして、速やかに下がった。

里緒は板場へ行き、幸作に頼んだ。

「宝田様のお客様がいらっしゃったので、半刻（一時間）後ぐらいにお料理が出せるよう、用意しておいてくださいね」

「かしこまりました」

幸作の元気のよい返事に、里緒は微笑みながら頷く。

それから帳場へ行くと、お竹が話しかけてきた。

「先ほどのお客様、いったい宝田様とどういう関わりなんでしょう。親子ほど、歳が離れていそうですが。あのお客様、妙によそよそしかったですよね」

里緒は苦笑した。

「何度も言っているでしょう。お客様に対して詮索は禁物よ。案外、実の娘さんかもしれないじゃない」

「そうですかねえ。そういう風には見えませんでしたけれど。あの女の人、どういう人なんでしょう」

お竹は腕を組む。里緒は顎に指を当て、小首を傾げた。

「私の察したところでは……なにやら手習い所の女師匠さん、といった感じね。背筋が伸びて凜となさっていて。お着物は淡い色だけれど、綿の質素なもので媚びている印象はないわ。何かを教えていらっしゃる雰囲気だけれど、踊りや常磐津のお師匠といった面影はないから、手習い所のお師匠、あるいはお花やお茶のお師匠かもしれないわね。帯を文庫結びになさっているところを見ると、お武家の出か、それ相応のお家柄よね。でも奥方という雰囲気ではないのよ」

勘を働かせる里緒に、お竹はくすっと笑う。

「女将はそうやってすぐに推測なさって、人を見抜いてしまうんですよね。それがよいのか悪いのか」

「な、なによ。……私のそういうところが仇となって、未だに独り身だと言いたいんでしょ」

「いえ、別にそういう訳じゃありませんがね」

里緒は頬を膨らませ、お竹を睨める。傍で話を聞いていた吾平も笑った。

半刻ほど経って、里緒は伝兵衛の部屋に料理を運んだ。二人分用意してある。

「失礼いたします。お料理をお持ちしました」

襖の外から声をかけると、伝兵衛の声が響いた。

「どうぞお入りください」

里緒は部屋へと入り、改めて礼をした。

窓は閉められ、伝兵衛と女は向かい合って座っている。里緒は二人の前に、椀が載った膳を出した。

「浅蜊と椎茸のお饂飩でございます。その二つの旨みが溶け出たお汁を、どうぞお味わいくださいませ」

饂飩には、分葱と油揚げも入っている。椀を覗き、伝兵衛は柔和な顔をいっそうほころばせた。

「おお、これは旨そうですな。食欲を誘う匂いです」

「本当に……」

女は微かな声を出した。

里緒は再び礼をして、すぐに下がった。

階段を下りる途中、ふと立ち止まり、二階を振り返る。小首を傾げるも、向き直り、一階へと下りた。

浅草寺から七つを告げる時の鐘が聞こえて、少し経つと、女が下りてきた。

足音に気づいたお竹が帳場から出て、女に声をかけた。

「お帰りですか。今、女将がご挨拶に参りますので、少々お待ち……」

「いえ、急いでおりますので。ご馳走様でした」

女は、お竹の声を遮った。そして玄関に揃えてあった草履を履き、そそくさと出ていった。

お竹は慌てて突っ掛けを履き、暖簾を潜る。女は足早に、花川戸町のほうへと歩いていく。徐々に小さくなる女の後姿を眺めながら、お竹は首を捻った。

お竹が怪訝な顔で戻ると、上がり框に里緒が佇んでいた。

「先ほどのお客様、帰ってしまわれたの」

「ええ……なんだか気忙しい様子で。引き留める間もありませんでした。すみません」

里緒はお竹に微笑んだ。

「いいわよ。何か用事でもあったのでしょう。……では、私、宝田様のお部屋に行って、膳を片付けてしまうわね」

「あら、それは私がやりますよ。夕餉の刻に向けてまた忙しくなりますから、女将はこの間に一服なさってください」

お竹はそっと里緒の手を握る。里緒は眦を下げた。

「では、お言葉に甘えさせてもらうわ。お竹さん、お片付けよろしくお願いします。その後は、すぐに広間にいらしてね。お竹さんのぶんの最中、取っておきますから」

「あら、その最中といいますのは……」

「そう。〈竹村伊勢〉の、最中の月。お竹さんの大好物でしょ」

お竹は唇を舐めて、目を輝かせる。

「それは嬉しい。盛田屋の親分さんの吉原土産ですね。ありがたいわ。……ではそれを楽しみに、私、すぐに片付けて参ります」

お竹は嬉々として二階へ上がっていく。

――お竹さんたら、なんだか娘っ子のようだわ。

お竹のしゃきっとした後姿に目をやりながら、里緒は笑みを浮かべた。

ちなみに竹村伊勢とは、吉原の江戸町二丁目の角に古くからある菓子屋で、そこの最中の月は、廓でも評判の名物菓子だ。その菓子をよく雪月花に届けてくれるのは、口入屋の主人であり、この辺り一帯を仕切っている親分でもある盛田屋寅之助。寅之助は若い衆を連れて吉原に繰り出すと、いつもあれこれと土産を買ってきてくれるのだ。

寅之助は、里緒のことを幼い頃から知っていて、里緒の二親が亡くなってからは、雪月花の用心棒あるいは後見人のような役割を果たしている。雪月花に何かがあった時には、彼の手下たちが駆け付けてくれることになっていた。里緒は、強面だが心優しい寅之助を頼りにしていた。

その最中の月をお茶と一緒に味わっていると、片付けを終えたお竹がやってきて、腰を下ろして溜息をついた。

「あら、どうしたの。浮かない顔ね」

里緒はお竹に、最中を差し出した。一緒に和んでいたお栄とお初も、首を傾げる。お竹は最中の包みを開け、一口齧った。

「いえ、なんだか妙だなと思いましてね。宝田様から頼まれたんです。明日も来客があるので、また八つ半（午後四時）頃にお料理を持ってきてほしい、と」

里緒はお茶を啜って、頷いた。

「そう。かしこまりました。……でも、別に妙ではないでしょう。もしかしたら、宝田様はいろいろな方に会うために、江戸にいらしたのかもしれないわ」

「おら……じゃなくて、私もそう思います。訪問される方にご馳走までしてあげて、宝田様ってお優しいです」

「凄く感じがいい方ですよね、宝田様って。私にも丁寧に声をかけてくださいます」

伝兵衛は、お栄とお初にすっかりよい印象を与えているようだ。

お竹は最中を嚙み締めながら、小さく頷いた。

「まあ、女将が仰るように、人に会うために出ていらしたんでしょうね。いえ、さっきの女の人、なにやら少々険しい顔で出ていかれたので……。ちょっと引っかかってしまったんですよ」

里緒はお茶を淹れて、お竹に渡した。

「せっかく親分さんが持ってきてくださった最中なのだから、もっと笑顔で味わってほしいわ。お竹さん、眉間に皺が寄ってるわよ」

「あ、あら。そうですか」

お竹は慌てて眉間を指で撫でる。そんなお竹を眺めながら、お栄とお初はくすくす笑った。

その翌日に伝兵衛を訪ねてきたお客も、また女だった。銀鼠色の落ち着いた着物を纏っているが、その女も二十四、五と思われた。女は頭巾を被ったまま、そそくさと伝兵衛の部屋に入った。

その女を部屋へ案内した里緒は、またも階段の途中で振り返り、二階を眺めて小首を傾げた。

あまり詮索しないようお竹を窘めたものの、里緒も気に懸かってはいるのだ。

――お顔を隠してはいるけれど、今日のお客様も、身なりや所作で美しい方だと分かるわ。それに……色は地味だけれど、あのお召し物は絹ね。それなりの暮らしをなさっている方だわ。武家の奥様、あるいは大店のお内儀様かしら。でも……私の勘だと、あの雰囲気は、武家の奥様ではないかしら。そして、恐らく、身分を隠したがっていらっしゃる。帯をカルタ結びにしていらっしゃるけれど、あの着物には合わないもの。いつもは別の結び方をしているということにちがいないわ。武家の奥様なら文庫結びにするでしょう。きっと家を出た後で、急いで結び直したんだわ。カルタ結びに直すのなら容易ですもの。身分を知られることを恐れたのでしょうが、着物と帯がちぐはぐなので、私は気づいてしまった。

そのようなことを考えつつ、里緒は板場へと行き、今日も八つ半頃に料理を準備するよう、幸作に告げた。

帳場に戻ると、お竹は昨日よりもいっそう怪訝な顔で、吾平に捲し立てていた。

「今日のお客様は頭巾を被っていたわ。やっぱり少し変よ。二日続けて来客があって、それも若い女よ、二人とも」

里緒は腰を下ろして、息をついた。

「まあ、確かに気にはなりますけれど、今のところ何事もないようだから、放っておきましょう。お客様がいらっしゃる間は至って静かで、怒鳴り声や叫び声、泣き声だって聞こえてこないもの」

「そりゃ、確かにそうですけれど。艶っぽい声だって、ちっとも聞こえてきませんものね」

お竹は肩を竦め、吾平は腕を組んだ。

「静か過ぎるから、よけい気になるってのはあるかもしれないな」

「何をお話しなさっているのかしらね、いったい」

「昔話かしら。懐かしい思い出とか」

そう答えつつ、里緒も小首を傾げた。

八つ半近くになり、里緒とお竹が料理を運んだ。

——お部屋では頭巾を取っていらっしゃるでしょうから、お顔をはっきり見ることができるわ。

期待しつつ里緒は襖を開ける。

「失礼いたします」

一礼して顔を上げ、里緒は目を瞬かせた。女はまだ頭巾を被っていたのだ。

里緒とお竹が二人の前に膳を置くと、女は背筋を正したまま丁寧に頭を下げた。

膳を眺め、伝兵衛は今日も顔をほころばせる。

「ほう、蕎麦ですか。それも冷やし蕎麦だ。いいですねえ」

「はい。鰆のお蕎麦でございます。雪月花自慢の一品、お召し上がりくださいませ」

冷たい蕎麦に、鰆、椎茸、刻んだ分葱が載って、汁がかかっている。椎茸から取った出汁を利かせた汁は、鰆によく合うのだ。

伝兵衛は唇を舐め、早速蕎麦を手繰り始める。

「さっぱりとしつつ、旨みもしっかりある。とても品のある味ですなあ」

「お褒めのお言葉、まことにありがとうございます」

相好を崩す伝兵衛に礼を述べ、里緒とお竹は速やかに下がった。女は頭巾を被ったまま、躊躇っているような素振りだったからだ。

伝兵衛の部屋の窓は、今日も障子が閉められていた。

帳場に戻ると、お竹はまたも目を剝いて、吾平にあれこれ報せた。

「驚いたわよ。部屋の中でも頭巾を被ったままだなんて。もしや、お顔に傷でもあるのかしら」

里緒は細い顎に指を当て、大きな目を瞬かせた。

「あの様子は、単にお顔を見られたくないのではないかしら。それなりのご身分の方なのよ、きっと」

「でも女将、うちのお客様にはお武家様やその奥方様もいらっしゃいますが、部屋でも頭巾を被ったままなんて方はおられませんぜ」

吾平が口を挟むと、お竹も相槌を打った。

「とすると、やはり何か疚しいことがあるのではないかしら」

「うちを休憩で使う、忍び逢いをしているような方々は、決してお顔を見せないことがあるけれど……。宝田様とあの方は、そういう間柄にも見えないのよね」

里緒は首を傾げてお茶を啜るも、姿勢を正した。

「とにかく、お顔を見られたくないというのは確かでしょう。身分のある方、それも女性であればなおさら。旅籠で男の人と密かに会っているところなど、決して知られたくないでしょうから。大人の諸事情ということよ。そっとしておきましょう」

「まあ、迷惑をかけられている訳ではないから、そうしましょう」

吾平とお竹も、お茶を啜って頷く。だがやはり、三人ともやけに気になっていた。

今日も七つ頃に、女は速やかに立ち去った。女はついに顔を見せなかった。女が帰った後でお初が膳を下げにいき、板場へ運んだ後で、里緒に伝えにきた。

「宝田様からのお言付けです。明日も宝田様を訪ねてこられる方がいらっしゃるそうで、またお食事をお願いしたいとのことです」

里緒は目を丸くした。

「まあ、明日も」

「はい。宝田様、仰ってましたよ。こちらの料理はとても味わい深いので、大切なお客たちに振る舞いたくなるって。お褒めくださいました」

お初は紅い頬っぺたをさらに紅潮させ、嬉しそうに話す。里緒は、無邪気なお初が可愛かった。

「ありがたいお言葉ね。かしこまりました。では明日も、幸作さんに張り切って美味しいお料理を作ってもらいましょう。伝えておくわ」

「はい。お願いいたします」

お初は頭をぺこりと下げる。襷がけをして、足首が覗くほどに丈を調節した黄八丈は、小動物のように愛らしいお初によく似合っていた。

その翌日も、伝兵衛の言葉どおり、来客があった。その女も頭巾を被っており、足を濯ぐことを断って、さっさと二階へ上がっていった。女を部屋に通した後、里緒はまたも考えを巡らせた。

――今日のお客様も、二十五、六といったところね。昨日のお客様よりも豊満な躰つきをなさっているわ。お召し物も、同じ絹でも撫子色と派手だし。……昨日のお客様がお武家の奥方で、恐らく今日のお客様は大店のお内儀だわ。帯だって、私と同じく、引き抜き結びだったもの。町人ね。

里緒はそう察しながら、今日も首を傾げる。

――宝田様がここをお発ちになるのは明日だから、来訪されるお客様も多分、今の方で最後よね。毎日、違うお客様が訪れて、三人とも同じぐらいの年齢で、揃って麗しい雰囲気だったわ。……宝田様が、以前お付き合いされていた方々なのかしら。でも、その割に、妙に静かなのよね。お付き合いがあった方なら、もっと砕けた雰囲気になってもいいと思うのだけれど。皆様、お酒もお呑みにならないし。

板場へ行って幸作に指示した後、広間を覗いてみると、お栄とお初が煎餅を齧って一息ついていた。お喋りが弾んでいるようだ。

「でも、宝田様ってさすがよね。連日、違う女の人が訪ねてくるなんて、モテるんだわ」

「老いは見えるけれど、あの方、とにかく上品で優しいし、涼しげなよいお顔立ちだものね。うんと歳下の女でも、より取り見取りなんじゃない」

そのような話が聞こえてきて、里緒は苦笑する。衿元を直しながら広間へ入っていくと、お栄とお初はぎょっとしたように、里緒を見上げた。

「あなたたち、休憩中にお喋りするのは構わないけれど、もう少し声を潜めてしなさい。二階にまで聞こえたら、どうするの」

里緒の厳しい口調に、お栄とお初は背筋を正して首を竦める。

「申し訳ありません」

深々と頭を下げる二人に里緒は一転、微笑んだ。

「分かったらいいわ。これから気をつけてね。……あ、私にもお煎餅ちょうだい」

「はっ、はいっ」

お栄が、煎餅が沢山入った竹笊を差し出す。里緒は一枚摘まんで齧り、目を細めた。

八つ半近くになって、里緒は料理を届けた。今日は、白魚と絹さやの卵綴じ丼だ。白魚と絹さやを、だし汁と醤油・酒・味醂で煮て卵で綴じたものが、ご飯にかかっている。

今日の訪問客は頭巾を取っていたが、窓のほうに顔を向け、里緒と目を合わせないようにしている。

「失礼いたします」

ちらちらと女を窺いながら里緒が部屋へ入ろうとすると、伝兵衛がやんわりと断った。

「ああ、そこに置いておいてください。ありがとうございます」

「かしこまりました。ごゆっくりお召し上がりくださいませ」

里緒は入口に膳を置き、丁寧に礼をして、速やかに下がった。そして階段を下りながら、またも考えを巡らせる。

――お顔ははっきり見えなかったけれど、今日のお客様も麗(うるわ)しい女性(にょしょう)だわ。丸髷(まるまげ)を美しく結われて、やはりどこぞの大店のお内儀といった雰囲気ね。

里緒が帳場を覗くと、吾平が算盤を弾いていた。帳場は階段のすぐ横にあり、玄関の傍なので、ここに居れば人の出入りも管理できる。里緒が入っていくと、吾平が声をかけてきた。

「お竹は酒を買いにいってますよ」

「今日お泊まりのお客様たちは、酒宴が目的のようですものね」

「六人でいらして三部屋だから、二人で一部屋ですね。それで女将、酒宴の時に一階の広間を貸してほしいとのことですが、よろしいでしょうか」

「それは大丈夫よ。何刻から何刻ぐらいまでかしら」

「六つから五つ半(午後九時)ぐらいまでがご希望のようです。好きに手酌で呑むので、お酌などはお気遣いなくとのことです。もちろん芸者なども呼ばないそうですよ」

「わかりました。皆様でお酒を呑んで騒ぎたいということね。ではその刻限、広間をお貸ししましょう。お料理も広間に運ぶわね」

「はい。お客様がた、喜びますよ。……ところであの名主のお客様、明日発たれるようですが、さすがに明日は訪ねてくる人はいませんよね」

「いないのではないかしら。それにしても、三日で三人の訪問者。それも妙齢の美女ばかり。宝田様って人気者でいらっしゃるのね」

里緒が溜息をつくと、吾平はにやりと笑った。

「案外、三人とも、宝田様がそれぞれ別の女に産ませた実の娘かもしれませんね」

「まあ、三人は異母姉妹ということ。それはまた大胆な推測ね」

里緒は目を丸くしつつ、思った。

――でも、意外に当たっているかもしれないわ。

七つ近くになって、伝兵衛の訪問客は、やはりそそくさと帰っていった。旅籠を出る時には、女はやはり頭巾を被っていた。

夜の酒宴のために広間を掃除したりして、慌ただしく刻は過ぎ、日が暮れ始める。上がり框には、大きめの行灯が置いてあり、暗くなってくるとそれに火を灯す。この行灯にも雪月花の名前が書かれていて、夕暮れになってぼんやりと浮かび上がるさまは、なかなか風情があった。

里緒は幼い頃から、玄関先に置かれたこの行灯を眺めるのが好きだった。この行灯の明かりが、自分の二親が営む雪月花を表しているように見えたからだ。柔らかで温かで、闇を優しく照らし、人の心をそっと包み込むような旅籠……それが雪月花であると、里緒は子供心ながらに思っていた。今でもそう信じて、この旅籠を継いで守り立てている。夕暮れ刻に、玄関先の行灯を眺めるたびに、里緒は心が改まるのだった。

――ここにいらっしゃる間は、お客様に和んでいただきたい。お客様の日々のお疲れを、癒して差し上げたい。そのためにも、私たちは最善を尽くさなければ。

夜には酒宴があったので、料理人の幸作が帰ったのはいつもより遅かった。今日の火の番は、手慣れた吾平だから、里緒は安心して任せられる。握り飯と金平牛蒡の夜食を渡して、里緒はようやく一日を終えた。

爽やかな朝を迎え、里緒は大きく伸びをした。布団を畳んで押し入れに仕舞い、身繕いをする。化粧をして、胡桃(くるみ)油を使って髪を整える。澄んだ空に合わせて、水色の着物を選んだ。半衿と帯は揃って白花(しらはな)色にすれば、なんとも涼しげな出で立ちとなり、色白の里緒をいっそう映えさせる。

広間へ行くと、皆、揃っていた。朝の挨拶をして、今日一日の仕事の流れを確認する。この刻には、お栄とお初が一階の掃除を終えている。今朝は、仲居とともに、里緒もお客たちに朝餉を運んだ。

「おはようございます。お食事をご用意いたしました」

伝兵衛の部屋へ入り、里緒とお竹は三つ指をついて礼をする。伝兵衛は、にこやかに微笑んだ。

「お世話になりました。数々の美味しい料理を堪能(たんのう)させていただきました。まことにご馳走様でした。江戸へ参りました際には、また是非こちらにお伺いしたいと思っております。その時はどうぞよろしくお願いいたします」

「ありがたいお言葉に、心よりお礼を申し上げます。こちらこそどうぞよろしくお願いいたします」

里緒とお竹は、再び深々と頭を下げる。伝兵衛は頷き、紙で包んだ心付けを差し出した。

「少ないですが、取っておいてください」

「そんな……このようなことまでしていただいては申し訳ございません」

躊躇う里緒に、伝兵衛は優しい口調で告げた。

「私を訪ねてきた者たちにも素敵な料理を出して、もてなしてくださったお礼ですよ。皆、美味しいと喜んで味わっておりました。……さ、お納めください。一度差し出したものです。年寄りに恥を掻かせないでください」

伝兵衛の柔らかな眼差しに、里緒の心がほぐれる。

「では、ありがたくいただきます。うちの若い仲居たちが申しておりました。宝田様は素敵なお方、と。私も同じ気持ちです」

「おお、それは、それは。お世辞でもありがたく受け取っておきますよ」

伝兵衛は照れたように頭を撫でる。里緒は目を細めて、伝兵衛を見つめた。

四つ前に伝兵衛が二階から下りてくると、皆が見送りに出た。

「料理人が心を籠めて作りました、雪月花弁当です。道中、お腹がお空きになりました際に、お召し上がりください」

里緒から昼餉用の弁当を受け取り、伝兵衛は眦を下げた。

「これはまた憎いお心遣い、嬉しい限りです。食べるのが今から楽しみでなりません。いったい、どのようなものが詰まっているのでしょう」

「今日のお品書きは、鰺ご飯の握り飯、蚕豆入り玉子焼き、伊佐木の衣揚げ、烏賊と筍の煮物、長芋の甘酢漬け、です」

幸作が答えると、伝兵衛は唇を少し舐めて、相好を崩した。

「おお、それは楽しみですな。こちらを出たら、早速食べてしまいそうですよ」

雪月花の玄関に笑いが溢れる。伝兵衛は皆に見送られて発った。時折振り返り、礼をしながら、花川戸町のほうへと悠々と歩いていく。これから内藤新宿へ向かい、甲州街道を通って、府中に戻るのだろう。

小さくなっていく伝兵衛の後姿を眺めながら、お竹が言った。

「考えてみれば、よいお客様でしたね。お金払いもよろしくて。あれやこれやと詮索して悪うございましたよ」

里緒はお竹を軽く睨んだ。

「本当に。まあ、お竹さんだけでなく、私も多少は詮索してしまいましたけれど」

するとお初とお栄も口を出す。

「それも宝田様の魅力ゆえですよ。なにやら気になるお方ということで」

「いやあ、よいお客様でした。優しくて、気前がよくて、最高じゃないですか」

「ケチなうえに、あれこれ煩いお客もいるからなあ。それに比べれば、府中の名士だけあるな」

幸作が納得したところで、吾平が咳払いをした。

「ほら、皆であれやこれや言っていないで、仕事、仕事」

「はい」

お栄、お初、幸作は声を揃え、急いで中へと戻っていく。元気のよい若人たちを眺め、お竹は微笑んだ。

「宝田様、是非またいらしていただきたいですね」

「そうね」

話をしながら暖簾を潜り、格子戸を閉めようとして、里緒は空を眺めた。今朝はよく晴れていたのに、なにやら雲が広がって、薄暗くなり始めている。

「……夜には雨になるかしら」

そう呟き、里緒は指をそっと顎に当てた。

三

　里緒が思ったとおり、七つを過ぎた頃からぽつぽつと雨が降り始めた。暮れ六つ頃にいったん止んだが、五つ頃から再び降り続き、翌日の五つから四つにかけては大雨となった。雷まで鳴り響き、往来を歩く者もおらず、雪月花でも雨戸を閉めて雨が中に入るのを防いだ。

　帳場の中で、お竹がぼやいた。

「卯月に入ってすぐに、卯の花腐しの長雨になるんでしょうかね。気が滅入りますこと。女将、軒に雷難除のお札を貼っておきましょうか、亀戸天満宮の」

「そうね。雨が少し落ち着いたら、貼っておきましょう。私も、雷、嫌いだから」

　里緒は肩を竦める。吾平が息をついた。

「大丈夫でしょうかね、今日いらっしゃるはずのお客様。この天候では辿り着けないかもしれませんね」

「まあ、様子を見ましょう。これだけ降れば、案外、お午過ぎにはからりと晴れるかもしれないもの」

里緒はそう前向きに考えるも、雷の音が派手に鳴り響いて、耳を押さえて「ひいっ」と叫び声を上げた。


雨は一日中降り続くと思われたが、里緒が察したように午近くには徐々に小降りになり、八つにはすっかりあがって晴れ間が見えてきた。それゆえ、お客を送り出すことも、迎え入れることも無事できて、里緒たちは安堵した。

女四人で、中に干していた洗濯物を急いで裏庭に干し直していると、吾平が呼びにきた。

「あの、女将」

吾平は怪訝な顔をしている。

「どうしたの」

「いえ……南町奉行所のお役人様が、いらっしゃったのです。なにやら女将にお話があるとのことで。盛田屋の親分さんもご一緒です」

洗濯物を干す、女たちの手が止まる。里緒は目を大きく瞬かせた。

里緒が強張った面持ちで玄関へ行くと、町方役人と思しき男が、岡っ引きと盛田屋寅之助を連れて立っていた。小銀杏髷に、着流しに黒羽織、大小二本の刀を差して、雪駄を履いたその姿は、明らかに町方の同心である。里緒は男を眺めて、首を少し傾げた。

――なんだか、季節外れの雪達磨のような人だわ。

同心といえばきりりと引き締まった印象があるが、その男は、ぽちゃぽちゃと肉づきがよく、なんとも愛嬌のある顔立ちだ。つまりは二枚目にはほど遠く、緩んだ雰囲気なのだが、それゆえに里緒の緊張は些かほぐれた。歳はいっているものの、同行している寅之助のほうが精悍に見える。

「先方、秋草稲荷で騒ぎがあってね。こちらの旦那が女将に訊ねたいことがあると仰るんで、お連れしたんだよ」

寅之助が言うと、男は里緒に向かって一礼した。

「南町奉行所同心の山川隼人と申す。忙しいところ、かたじけない」

「はい。……あの、ここではなんですので、よろしければお上がりくださいまし」

「では、失礼する。親分、案内してくれて礼を申す」

隼人は寅之助にも辞儀をした。

「とんでもございやせん。この度は出張ってくださって、ありがとうございやした。では、わっしはこれで」

寅之助は隼人に丁寧に礼を返し、後は任せたというように吾平とお竹に目配せすると、速やかに立ち去った。

定町廻り同心の隼人と岡っ引きは中に通され、帳場で話をすることとなった。お竹がすぐにお茶を運んできて、二人に出す。二人と向かい合っている里緒と吾平の後ろに、お竹も腰を下ろした。

お茶を啜る隼人に、里緒はおずおずと切り出した。

「あの……お訊ねになりたいことと仰いますのは、どういったことでしょう」

「うむ。実は先ほど、稲荷で死体が見つかったのだ。雨に酷く濡れていて、腹に刺された傷が見られた。白髪で、ほっそりとした初老の男だ」

「まあ」

里緒は胸に手を当て、眉根を寄せた。隼人は続けた。

「その男の荷物を探ってみたところ、弁当が詰まっていたと思しき竹籠の中に、名刺が入っていた。荷物を包んでいた風呂敷はだいぶ雨に濡れてしまっていたが、竹籠の中にあったので、その名刺は読み取れた。それに、この旅籠の名前と、女将と思しき名前、在所などが書かれていたのだ。それで参ったという訳だが、そのような男に心当たりはないか」

旅籠を発つお客に昼餉用の弁当を渡す際、里緒は手書きの名刺を添えている。

里緒は胸を手で押さえ、微かに上擦る声で訊ねた。

「その男の方の特徴を、詳しく教えていただけませんか」

すると隼人は、丁寧に教えてくれた。

里緒は確信した。稲荷で殺されたと思われる男とは、宝田伝兵衛に違いないと。

顔色が変わった里緒に、隼人は言いにくそうに頼んだ。

「もし心当たりがあるなら、一緒に死体を確かめてくださらんか。いや、女人にこのようなことをお願いするのは心苦しいのだが……」

里緒は少し考え、答えた。

「かしこまりました。同行いたします。私も気になりますので。……本当に、宝田伝兵衛様か否か」

隼人は里緒に、丁寧に礼をした。

「ありがたい。力添え、感謝いたす」

「お力になれますかどうか、分かりませんが」

里緒は頷き、隼人をじっと見つめた。

――いくつぐらいかしら。三十を少し過ぎているってとこね。なんとも福々しくて、同心などおよそ似つかわしくないような雰囲気だけれど、お仕事はできるのかしら。それとも、こういう人のほうが意外にも下手人を捕えてしまったりするものなのかしら。

つい昨日まで泊まっていたお客が殺されたかもしれないという状況なのに、里緒は隼人に対してあれこれ推測を始めてしまう。隼人はといえば、美人女将の里緒に大きな目で見つめられ、どぎまぎとしているようだった。ふっくらとした頬を仄かに赤らめ、隼人は咳払いをした。

「で、では、手間を取らせてしまうが、これから一緒に稲荷に行って、確かめてもらいたい。よろしく頼む」

「かしこまりました」

里緒の後ろで、吾平とお竹は複雑そうな面持ちで顔を見合わせていた。

死体が見つかったのは、山之宿町にある、宮司もいない寂れた稲荷だった。その稲荷は、町の者からは秋草稲荷と呼ばれている。秋になると、萩や撫子や葛が花を咲かせ、彩りを見せるからだ。

女郎花（おみなえし）の若葉が茂る傍に、死体はあった。筵（むしろ）がかけられてあったが、なにやら生々しくて、里緒は思わず後ずさる。すると隼人が声をかけた。

「無理はしなくてよい。顔を確かめることができないなら、着ていたものや持ち物を確認してもらうだけでもありがたい」

隣にいる隼人の体温が伝わってきて、里緒はなにやら落ち着いた。

「大丈夫です。お顔を確かめさせていただきます」

里緒が気丈（きじょう）に答えると、死体の傍についていた同心が筵を捲（めく）った。顔を確かめ、里緒は大きく頷いた。

「間違いございません。私どもの旅籠にお泊まりになっていらした宝田伝兵衛様です。府中の名主様と伺っておりました」

「本人が宿帳にそう記したということだね」

「はい、さようでございます」

首実検（じっけん）が終わると、死体には再び筵がかけられた。隼人は里緒に改めて礼を述べた。

「これで一歩前進した。女将のおかげだ。どこの誰かもさっぱり分からぬ遺体なら、調べようがないからな」

「少しはお力になれてよかったです。でも」

里緒は顎に指を当て、目を伏せる。

「何か気になることがあるのか」

「いえ。……この方は本当に、府中の名主の宝田伝兵衛様だったのかしらと、ふと思ったのです。宿帳にはたまに、偽名などを書く人もいますから」

隼人は腕を組んだ。

「うむ。そこはちゃんと調べてみるつもりだ。だが身なりや持ち物などから、名主ぐらいの身分の者だったとしても、おかしくはないと思う」

「ええ。とても品があって、物腰も穏やかで、いかにも名士という雰囲気でした。でも」

隼人は笑みを浮かべた。

「また、でも、か」

「あ、申し訳ございません」

「いや、気になることはなんでも話してくれ。そのほうがこちらも助かるのでな」

「はい。……宝田様がうちに泊まっていらした間、毎日、違う女の人が宝田様を訪ねていらしたのです。それで、なにやらおかしいとは思っておりました」

「どういうことだ。どんな女たちだったか、詳しく聞かせてくれないか」

怪訝に思ったのだろう、隼人は身を乗り出す。

里緒は三人の女たちの特徴や、それぞれ、女師匠風、武家の奥方風、大店の内儀風、だったということを話した。どうしてそう思ったか、彼女たちの身なりや雰囲気についても。女たちは揃って二十代半ばぐらいで、皆、身綺麗だったということも伝えた。

隼人は声を昂ぶらせた。

「それは有力な手懸かりになりそうだ。女将、その三人の似面絵作りにも力添えしてくださらんか」

隼人は里緒をじっと見つめて、迫ってくる。里緒は目を瞬かせた。

——この人、ぼうっとしているように見えるけれど、お仕事に対しては熱心なのかもしれないわ。やはり人って、見かけだけでは分からないわね。……お仕事熱心なら、私もできる限り、力添えしてあげたいけれど。

里緒は顋に指を当て、溜息をついた。

「正直、似面絵作りにお力添えできますかどうか、自信はございません。三人とも、さっと上がられて、急いで帰られてしまったのですから。一人一人のお顔をよく拝見する時間など、ございませんでした。しかも、武家の奥方風の方と、大店のお内儀風の方は、頭巾を被っていらしたのですもの。私が三人に対して覚えておりますのは、あくまで身なりや佇まいです。でも……女師匠風の方は頭巾を被っておられませんでしたので、朧気ながら記憶を辿りまして、その方の似面絵作りには、どうにかお力添えできるかもしれません」

「それだけでもありがたい。是非、お願いしたい」

「かしこまりました。務めさせていただきます」

二人の顔に笑みが浮かぶ。隼人は眉を少し掻いた。

「それに……女将はどうやら推測することが好きなようだと、お見受けした。頼もしい助太刀を得て、心強く思う」

「まあ、買い被り過ぎですわ。奉行所のお役人様をお相手に、私など、とても。……でも、推測や探索は確かに好きですけれど。山川様がお察しのように」

笑顔で肩を竦める里緒を、隼人は目を細めて眺めていた。

事件を受け持つことになった山川隼人は、齢三十二。御新造とは死別しており、今は独り身である。

里緒の隼人に対する第一印象が、「季節外れの雪達磨」だったように、丸みを帯びた外見で、決して二枚目ではない。いや、三枚目と呼ぶべきであろう。しかし、この隼人、なぜか女に非常にモテる。それもどういう訳か美人にばかり好かれ、江戸のあちこちに隼人の贔屓がいるのだ。なんとも温かそうな隼人には、女たちも和んでしまうのだろう。

同輩の同心たちは、隼人を、陰ではこのようにやっかんでいる。

——それほどいい男でもないのにな。どうしてあんな奴がモテるんだろう。

——まあ、気立てがよくて、情に厚いからな。ほら、山川のおかげで遠島になるところを江戸払いで済んだ、女掏摸がいただろう。あの時も、山川が女掏摸の境遇を慮って、軽い処罰で済むように図ってやったんだぜ。あの女掏摸、泣いてたもんなあ。旦那のおかげです、もう絶対に愚かなことはしません、必ずやり直します、って。

——確かに人がいいよな、山川は。だからといって別嬪にばかり好かれるというのは、なにやら悔しいぜ。

――あの丸い躰が女には受けるのだろうか。俺も肥ろうかな。

などなど、隼人を酒の肴に、好き勝手なことを言う者たちは多い。しかし、このようにやっかまれながらも、気立てのよい隼人は、なんだかんだと皆から好かれているのだ。

ほんわかとした笑顔が魅力の隼人だが、家に帰って一人になると、また別の顔を見せることもある。一年半前に亡くなった妻を思い出す時、隼人には翳りが差した。妻は、何者かに殺められたのだ。その下手人はいまだに捕まっていない。

――俺が捕まえたことがある何者かが、俺に恨みを抱いていて、仕返しをしたのだろうか。

隼人はそう考え、かつて捕縛して島流しになった者たちを必死で調べたが、御赦免になった者や、島抜けをした者は、見当たらなかった。

――俺に捕まって死罪になった者の、家族や恋人の仕業だったのだろうか。

隼人はその線でも、独自に調べを続けていた。妻を殺した者を、密かに追っているのだ。

女にいくら好かれても、隼人が靡かないのは、そのことが彼の心に暗い影を落としているからだ。それを誰かに癒してほしいと思うことはあっても、隼人は、その誰かにまだ巡り合っていないような気がしていた。

第二章　笛を吹く絵師

一

　宝田伝兵衛と名乗った男が、雪月花の宿帳に記したことは本当なのか、隼人は早速調べてみた。しかし、府中にそのような名の名主は存在しなかった。

　――だが、女将に言ったように、身なりや持ち物などから、名主ぐらいの身分だと窺われる。いったい、どこの何者なのか。

　奉行所に探索願いがまだ届けられていないので、やはり江戸の者ではないと見るのが妥当(だとう)であろうと、隼人は頭を働かせる。遺体は、医者の手で詳しく検(あらた)められていた。

「旦那、このままではお蔵入りになりそうですね」

岡っ引きの半太がぼやく。齢二十二の半太は非常に小柄だが、その小柄さを生かしてすばしっこく嗅ぎ回る。半太の姉は亭主と荒物屋を営んでいて、彼はそこに居候させてもらっていた。

半太の言葉に眉根を寄せつつ、隼人は三枚の紙を眺めた。

「現場に残されていたもので、あの遺体の身元が知れそうなのは、例の旅籠の名刺と、この紙だけだった。だが、いかんせん、あの日は一刻（二時間）大降りの雨だったために、遺体の懐に仕舞われていたこの紙もずぶ濡れになっちまった。絵が描かれていたであろうことは分かるんだが……ここまで滲んでいると、何が描かれていたのかさっぱり分からねえ。だが、雅号はかろうじて読めるような」

絵の隅に記されている絵師の名前を、隼人は必死で読み取ろうとする。半太も覗き込んだ。

「『ふえ』って仮名で書かれてるのは分かります、おいらにも」

「天なんとか山ふえ麻なんとか、って読めるな。ほかの絵はどうだろう」

ほかの二枚を併せて読み取るに、絵を描いた者の雅号は〈天狗山ふえ麻呂〉と察せられた。隼人は首を傾げた。

「天狗山ふえ麻呂、か。初めて聞くな。なかなかふざけた名前じゃねえか」

「ふえ、ってのは、あの、ぴいぴい吹く笛のことでしょうか。それとも、もっとほかの意味があるんでしょうかね」

半太も目を瞬かせる。隼人は半太に告げた。

「お前は、この辺りを隈なく聞き込みしておいてくれ。俺はちょっと行くところがある」

「かしこまりました」

半太は威勢よく返事をし、すばしっこく聞き込みに走る。隼人は三枚の紙を懐に仕舞い、花川戸町を通り過ぎ、浅草寺近くの西仲町へと向かった。

古着屋が立ち並ぶ通りを抜け、髪結い床と湯屋の真ん中辺りで「旦那、旦那」と呼ぶ声が聞こえてきて、隼人は振り返った。

すると往来の真ん中にも拘らず、声の主である女が、隼人に抱きついてきた。

「きゃあ、やっぱり旦那だわ。会いたかったのよ。相変わらずふくよかで、ぷくぷくしていて素敵ねえ」

女は悩ましげな声を出しながら、隼人の躰を撫で回す。隼人は目を白黒させて、女をそっと引き離した。

「俺に会って喜んでくれるのは嬉しいけどよ、ここは往来だぜ。少しは慎め」

「あら……ということは、往来じゃなければ慎まなくてもいいのかしら」

女は隼人に流し目を送り、嫣然と微笑む。衣紋を大きく抜いて故意に着崩しているので、女の胸元からは豊かな乳房が覗いてしまいそうだ。そこに目をやりつつ、隼人は咳払いをした。

「ちょうどいいところで会ったぜ。お絹、実はお前さんに話があって、長屋に行こうとしていたんだ」

「あら、嬉しいわ。どんなお話」

お絹は隼人に身を摺り寄せる。その時、往来を通る一人が、隼人に向かって声をかけた。

「町方の旦那、モテるねえ」

往来に笑いが起きるも、お絹は隼人に引っ付くようにして離れない。隼人は周りを見回し、お絹に耳打ちした。

「ここではなんだから、あの店に入って話そうぜ」

隼人が指差した先は、水茶屋だった。

隼人とお絹はそこへ腰を落ち着け、お茶と草団子を注文した。

「それで、どんなことなの、旦那の話って」

お絹はしどけない仕草で、隼人を艶めかしく見つめる。このお絹も、隼人贔屓の美女の一人なのだ。

隼人は懐から三枚の紙を取り出し、お絹に見せた。

「雨に濡れて、ほとんど滲んじまったが、これには絵が描かれていたと思われる。……そうだよな」

お絹は三枚の紙を手に取り、じっと眺める。打って変わって真面目な顔つきだ。

「旦那が仰るとおり、これは絵だったと思いますよ」

「やはりそうか。お前さんが言うなら間違いねえな。やはり頼りになるぜ」

隼人の言葉に、お絹は頷いた。

このお絹、色香溢れる婀娜っぽい見た目ながら、なんと女絵師である。それも葛飾北斎の女弟子で、雅号は〈葛飾絹花〉だ。

二十五の熟れた躰に洒落た着物を纏い、くねくねと白蛇のように身をくねらせながら、見事な絵を描き上げる。

お絹は、花魁の絵しか描かない。師匠の北斎や、知り合いの男たちにくっついて吉原の妓楼へと上がり込み、花魁を描かせてもらっているのだ。そしてお絹は、絵の中で花魁の躰のどこかに必ず刺青を描き加える。背中、腿、肩、足首などに。

刺青がある花魁というのは、実際にはほとんどいないので、そこはお絹の完全な創作であるが、それが彼女の作品を特徴づけていた。

お絹の出世作となったのは、一昨年に発表した〈花魁龍〉。煙管を銜えて横たわった花魁の、豪華な綸子の打掛がはだけた背中一面には、龍と薔薇が絡み合った刺青が輝いている……といった作品だ。

その迫力のある艶やかな絵を、人々は賞賛した。売れに売れて、一躍、葛飾絹花の名を高めたのだ。このようなお絹は、美しき変わり者と、皆から呼ばれていた。

お茶と草団子が届き、二人はそれを味わった。

「草団子って旨えよなあ。この粒餡が堪らんぜ」

ぱくぱくと頰張る隼人を、お絹は笑みを浮かべて眺める。

「旦那って、甘いもの好きよねえ。いつも本当に美味しそうに食べるもの。旦那のそのお顔を見ているだけで、私までなんだか幸せな気分になるわ」

「うむ。俺は酒があまり呑めんからな。その分、甘いもので日頃の鬱憤を晴らしているって訳だ」

「そうなのね。旦那って、子供みたいで可愛いわ」

お絹に悩ましい流し目を送られ、隼人はつい噎せて、お茶を啜る。

「旦那、大丈夫」

すかさずお絹は、隼人の大きな背中をさする。隼人に触れたくて仕方がないようだ。隼人は胸を軽く叩いた。

「だ、大丈夫だ。お前さん、あまり男をからかわねえように」

「あら、からかってなんかないわ。いつだって旦那には本気よ、私。……ほら、お団子がそれほど好きなら、私の分も一本あげる」

お絹は草団子の串を指で摘まみ、隼人の皿に載せる。

「いいのか、もらっても」

「いいから、あげたんじゃないの。私は一本で充分よ。旦那が食べているところを見ているだけで満足しちゃって、お腹が一杯になるわ。不思議ね」

お絹はお茶を啜りながら、隼人に熱い眼差しを送り続ける。隼人はたじろぎつつ、もらった草団子を頬張った。

喉に痞えないように注意しながら、隼人は紙を指して、お絹に訊ねた。

「それで、この雅号のことだ。〈天狗山ふえ麻呂〉と読み取ったのだが、合っているのだろうか。俺は初めて聞く名だが、お前さんは知っているかい」

　お絹は雅号をじっと見ながら、ふふ、と笑いを漏らした。

「天狗山ふえ麻呂、で合っているわよ。私、その人のこと知っているわ。今は別の雅号で活躍しているの。天狗山、というのは昔の雅号ね」

　隼人は団子を嚙み締めつつ、身を乗り出した。

「おおっ、それはよいことを聞いたぜ。ひとつその絵師のことを詳しく教えてくれねえか」

「いいわよ。……でも、教えてあげるからには、それ相応の見返りがほしいところね」

　お絹は上目遣いで、紅い唇を少し舐める。隼人は頭を掻いた。

「分かった。無事、事件が解決した暁には、それなりの褒美を渡すことを約束するぜ。……だから教えてくれ。頼む」

「褒美って言われてもねえ。金品なんかじゃ、嫌よ。ねえ、その時は、私の家に遊びにきて。旦那と一緒にご飯を食べて、仲よくしたいの」

　お絹の蕩けるような眼差しに、隼人はまたもたじろぐ。

「わ、分かった。約束する。な、だから、ふえ麻呂について教えてくれ」

　隼人に頭を下げられ、お絹は眦を下げた。

「約束破ったりしたら、ただじゃおかないわよ。……いいわ、教えてあげる。その絵師というのは、五年前に江戸へ来たの。今の雅号は、坂松堂彩光よ」

「ほう。坂松堂か……その名は聞いたことがあるぞ」

「今や、売れっ子ですもの。天狗山ふえ麻呂は、江戸へ来る前、お百姓をしながら武州で絵を描いていた時の雅号だったのよ」

「お前さんは、坂松堂となかなか親しいようだな」

お絹は身をくねらせながら、またも笑みを浮かべた。

「彼にくっついて、よく吉原で描かせてもらっているのよ。坂松堂も私も、変わり者と呼ばれるから、どこか気が合っているのかもしれないわね」

「なるほどなあ。しかし、天狗山ふえ麻呂ってのはふざけた雅号のような気がするが、何か意味があるんだろうか。そこまでは知らねえか」

するとお絹は、くすくす笑いながら教えてくれた。

「坂松堂は、風景を描くのも得意だけれど、春画のような妖し絵を描くのに秀でているの。それで、坂松堂には奇妙な癖があってね。妖し絵を描いていて昂ぶってくると、笛を吹くのよ。ほら、小さな、呼子笛みたいなやつ」

「ほう。ふえ麻呂の、ふえに繋がるのだな」

「そういうことね。おまけに、絵に描いている女にも笛を持たせて、命じるの。『俺に描かれて昂ぶってきたら、お前も笛を吹け』って。そして言われたとおりに、女が昂ぶりに任せて笛をぴいぴいと吹くと、坂松堂はその笛の音にまた高揚して、いっそう凄まじい絵を描くことができるのよ」

「ほう、それはまた面妖な」

隼人は思わず目を見開く。お絹は唇を少し舐めて、続けた。

「坂松堂は、女たちが鳴らす笛の音を聞いて、『よろしいっすね、よろしいっすね』と喚きながら、鬼気迫る凄艶なる絵を描き上げるって訳。それがまたよく売れているのよ」

お絹の話に、隼人は唸った。

「なるほど。ふえ麻呂の〈ふえ〉が、〈笛〉にかけられているってのは、よく分かったぜ。笛の音に揺さぶられるって訳だな。男の性、いや、絵師の性というべきか、奥の深い話よ。……では、〈天狗山〉ってのは、どういう意味なんだろう」

「天狗山ふえ麻呂は、喜多川歌麿に対抗したものらしいわよ。〈天狗山〉は、八王子近くの高尾山を意味して、〈喜多川〉にかけているんですって。〈山〉と〈川〉で。〈ふえ〉は笛を意味して、〈歌〉にかけているみたい。〈笛〉と〈歌〉で。

〈麻呂〉は〈麿〉に、かけているのでしょう。坂松堂は、江戸へ来る前は八王子にいたそうで、それゆえの〈天狗山〉とのことよ。高尾山には、数々の天狗の言い伝えがあるらしいから」

隼人は腕を組んで大きく頷きつつ、ふと気づく。

「……ならば、これらの紙に描かれていたのは、妖し絵であるかもしれねえってことだな」

二人の目が合い、お絹は息をついた。

「それは有り得るでしょうね。単に、八王子の長閑(のどか)な風景を描いたものだったかもしれないけれど。もしくは人物絵とか。坂松堂って凄いのよ。人を一目見ただけで、忽(たちま)ち特徴を摑(つか)んで、そっくりの似面絵を描いてしまうの」

「ほう、それは確かに凄えな。女に笛を吹かせて、昂ぶりのまま描いているだけではねえってことか」

隼人は感心したように、またも頷いた。お絹に坂松堂の住処(すみか)を訊ねると、両国は米沢町(よねざわちょう)の三丁目とのことだった。

水茶屋を出ると、お絹はまたも隼人に色目を使ってきた。

「ねえ、今からでも、私の長屋に遊びにこない」

「今日はまだ仕事がある。約束しただろ。事件が解決したら、ゆっくりな」

隼人はそっとお絹の背に触れる。いろいろ教えてもらったので、そう無下(むげ)にもできないのだ。

「きっとね。約束よ、旦那」

「うむ」

お絹が小指を絡ませてくるので、指切りをして、別れた。豊かなお尻を振って往来を歩いていくお絹を眺めながら、隼人は溜息をついた。

――殺された男が会っていたという、師匠風の女の似面絵を描いてもらおうかとも考えていたが、やはりお絹に頼むのはよそう。お絹をあの旅籠の女将に会わせると……なにやら、よからぬことが起きそうだ。似面絵作りは、別の絵師に頼むとするか。お絹は悪い女ではねえが、刺激が強過ぎるってえか、毒気があるんだよなあ。まあ、それがまた、作品にも繋がり、異彩を放っているんだろうけどよ。

二

隼人は早速、米沢町三丁目の、坂松堂彩光が住む長屋へと赴いた。

「頼もう。おらぬか」

入口の腰高障子の竪桟を何度か叩いても返事がないので、そっと開けてみる。坂松堂の姿はやはりなかった。すると、隣に住むおかみさんが顔を出し、隼人におずおずと話しかけた。

「坂松堂の先生は、板元のお仕事とかで、吉原に行ってしまっていますよ。何日か帰らないと言っていました」

「そうなのか。吉原に入り浸っているってんだな。そういうことは、よくあるのかい」

「ええ。花魁の絵を描いているみたいですよ」

隼人はおかみさんに礼を言い、遺体が見つかった秋草稲荷へと戻った。そこで待っていると、少しして岡っ引きの半太が聞き込みを終えて戻ってきた。だが、収穫はほとんどないようだった。

「前の日から小雨が降り続いていて、夕刻に少し止んで、それからまた降り続いて、翌日の五つから四つまでは雷雨でしたからね。外に出ている人は、ほとんどいなかったみたいで。……報せを持ってこられず、すみません」

「いいってことよ。いつもよくやってくれているぜ。……そうだよな。雨が激しい時に呼び出して殺すってのは難しいだろうから、やはり殺ったのは雨が止んでいた前日の夕刻から夜にかけてか。この稲荷の周りに人があまりいねえ刻だろうから、目撃した者を探すのは困難かもしれねえな」

「殺されたのはいつ頃か、まだはっきり分かってませんよね」

「うむ。今、検めてもらっているところだ。なにやら刺されたほかにも、頭にも傷が見られたようだがな」

「刺した後で殴ったのでしょうか」

「刺すだけでは殺しきれなかったので、殴ったのかもしれねえな」

隼人は腕を組んで考えを巡らせつつ、半太に告げた。

「次は、坂松堂の住む長屋を見張ってくれ。今、吉原に入り浸って絵を描いているらしいから、戻ってきたらすぐ報せてくれ」

「はい、合点承知」

半太は威勢よく返事をし、米沢町へと向かって走り出す。

「頼んだぞ、半太」

その背に向かって隼人が叫ぶ。半太はくるりと振り返って笑顔で一礼し、踵(きびす)を返して再び駆けていった。

秋草稲荷の周辺の聞き込みを、隼人は、今度は亀吉(かめきち)に頼んだ。二十四の亀吉は独り身だが、なかなかの色男なので常に女が途切れない。岡っ引きの薄給の身ながら、女に食べさせてもらって楽しく暮らしていた。極楽蜻蛉(とんぼ)のようでありながら真面目な働きをするので、隼人は亀吉のことも頼りにしている。

「かしこまりやした。猫の子一匹残さず、探ってやりやすぜ。この周辺、山之宿のみならず、隣の花川戸にまで足を延ばしてみやす」

「頼んだぞ。お前の嗅覚は優れているからな。……貢(みつ)がせる女を見抜くだけでなく、探索においてもな」

隼人は亀吉に向かって、にやりと笑う。亀吉は鼻をちょっと擦(こす)った。

「へへ。モテるってのは、旦那には到底敵(かな)いやせんがね。まあ、この嗅覚を頼りに、何かを嗅ぎつけてきやすぜ」

亀吉は役者の如くしなやかな身のこなしで、颯爽(さっそう)と走り出す。頼もしい手下(てした)の後姿を、隼人は懐手をして眺めていた。

隼人は次に、師匠風の女の似面絵を描いてもらうよう、懇意の絵師の五十嵐蓬鶴に頼みにいった。白い顎鬚をたくわえた蓬鶴は、初老ながら背筋の伸びた、飄々とした男である。蓬鶴から了解を得られたので、二人で早速、里緒のもとを訪れた。

「かたじけない。こんな刻にお伺いしてしまって」

隼人は玄関先で、里緒に頭を下げた。日は暮れ、六つ半(午後七時)過ぎ、軒行灯に明かりが灯る頃だった。

里緒は嫋やかに微笑んだ。

「お気になさらず。どうぞお上がりくださいませ」

楚々とした里緒を眺め、隼人は目を細めた。卯の花色の着物を纏い、薄桃色の半衿と帯を合わせた里緒は、愛らしい花のように艶やかだ。

隼人はときめきつつも、蓬鶴とともに、雪月花に上がった。里緒に案内されて廊下を進み、部屋に通されて隼人は目を瞬かせる。

「こちらは……」

「私の部屋です。帳場などより、ここのほうがゆっくりお話しさせていただけると思いましたので。狭いところで申し訳ございませんが」

「いっ、いえ。とても綺麗で……なにやら、かたじけない。男二人で上がったりしてしまって」

突っ立ったままかしこまっている隼人と蓬鶴に、里緒は促した。

「どうぞお座りください。仲居がお茶を運んで参りますので」

「あ、では……かたじけない」

恐縮しつつ、二人は座布団に腰を下ろす。床の間には杜若(かきつばた)が飾られ、白檀(びゃくだん)の甘やかな薫りが微かに漂っている。さりげなく部屋を見回しながら、隼人はふと仏壇に目を留めた。

その時、襖が開き、お竹がお茶を持って入ってきた。

「失礼いたします。ごゆっくりどうぞ」

お竹は隼人たちにお茶を出すと、すぐに下がった。熱いお茶を一口啜り、隼人は切り出した。

「本日は女将に、件(くだん)の人相書に是非とも力添えしていただきたく、頼みに参った。お願いできるか」

「はい、もちろんです。……でも、正直なところ、正確に作れますかどうか、不安でもあります。女の人の顔を、鮮明に覚えている訳ではありませんので」

「それは仕方があるまい。泊まった客ではなく、訪問客だったのだからな。じろじろと不躾に見る訳にもいかなかっただろう」

「ええ。それゆえ、訪問された女の人に瓜二つの似面絵にはならないかもしれませんが、それでもよろしいなら、お手伝いさせていただきます」

「もちろん、それで構わない。おおよその雰囲気さえ摑めれば、後はこちらで探し当てるのでな」

里緒の顔が明るくなる。

「頼もしいですね。かしこまりました。それならば、覚えておりますことを、お伝えいたします」

「よろしくお願いする。似面絵を描いてもらうのは、こちらの五十嵐蓬鶴殿だ。五十嵐殿は腕がよいので、女将が伝えたことを纏めながら、必ず、しっかりした似面絵を作ってくれるだろう」

「よろしくお願いいたします」

蓬鶴が一礼すると、里緒も丁寧に礼を返した。

「こちらこそ、よろしくお願いいたします。自分の証言をもとに似面絵が描かれるなど初めてのことなので、なにやら緊張しております」

胸に手を当てる里緒に、隼人は微笑んだ。

「そんなに緊張せずに。気楽にいこう」

「はい」

里緒は頷き、隼人に笑みを返した。

こうして似面絵作りが始まり、里緒は記憶を辿り、蓬鶴に伝えていった。

「歳は二十三から四、五ぐらいで、背は五尺（約百五十二センチ）とちょっとぐらい。すらりと細身で」

という具合に。

「瓜実顔（うりざね）で、目は団栗（どんぐり）のように丸くて、鼻と口は小さくて……」

蓬鶴は巧みに絵筆を滑らせ、四半刻（しはんとき）（三十分）後には、似面絵は完成した。

「このような感じで、如何（いかが）ですかな」

蓬鶴に似面絵を手渡され、里緒は目を見開いた。

「まあ、凄い。そうです、このような雰囲気の女人でした。あの日、訪れたのは」

隼人は安堵した。

「よかった。女将が納得してくれるような人相書に仕上がって。改めて礼を言う。女将、五十嵐殿、力添え、まことにありがとう」

「五十嵐先生の腕がよろしいからですわ。私の朧な記憶から、見事に描き上げてしまうんですもの」

「いえいえ、女将さんの伝え方がよろしかったからですよ」

白い顎鬚をさすりながら、蓬鶴は笑みを浮かべた。

和んでいるところに、五つを告げる浅草寺の鐘の音が聞こえてきて、隼人は慌てて姿勢を正した。

「長居をしてしまった。お忙しいところ、本当にかたじけなかった。本日はこれにて失礼する。また改めて礼に参ろう」

「あら。お仕事、まだ残っていらっしゃるのですか」

里緒は白い指を顎に当て、隼人を見つめる。隼人は、その眼差しに動揺した。

「い、いや。本日の仕事はこれにて終わりだが、うら若き女人の部屋に、男二人でこんな刻まで留まっているのは、やはりよろしくないであろう」

里緒は噴き出した。

「うら若き、だなんて。私、二十三ですよ。年増ですっ」

「いや、若い。私より九つも下なのだからな。自分を振り返ってみるに、二十三など、まだ幼くもあった。まあ、三十二になった今でも、大人になり切れていないところなど、沢山あるが。いい歳というのにな」

顎鬚を撫でつつ、蓬鶴も口を挟む。

「いやいや、お二人ともまだまだお若い。五十八の私から見れば、ひよっこ、否、まだ卵のようなものです」

「なに、卵と」

「まあ、卵ですか」

隼人と里緒は声を揃える。蓬鶴は頷いた。

「山川殿に倣って、私も自分を振り返ってみるに、二十三の時はもとより、三十二の時でも子供のようなものでした。その頃に自分が描いた絵など、見ることができませんよ。赤面してしまってね。私はこの歳になってようやく、絵が分かりかけてきたように思います。だから……絵というものを真に分かるようになるのは、きっと、八十近くになった頃かもしれません」

「そんな……それほど巧みでいらっしゃるのに」

目を瞬かせる里緒に、蓬鶴は微笑んだ。

「巧みに描くというのと、絵の神髄を知るというのは、違うのですよ。絵の神髄を知った時に、真の絵を描くことができるようになると、私は思っているのです。だから、それまで長生きしたい。絵を真に知る時までね」

「何事も、真の意味を知るには、時がかかるということか」

隼人の言葉に、蓬鶴は頷いた。

「人生も然りでしょう。生きる意味が分かるには、誰しも時間がかかる。いろいろな経験が必要ですからね。もちろん、山川殿も女将さんも、今までいろいろなことを経験なさっているでしょうが、さらに必要になるのですよ」

「なるほど……それならば、まさに、まだ卵かもしれません。私、女将になって二年目ですし、学ばなければならないことが、まだまだ沢山ありますから」

溜息をつく里緒に、蓬鶴と隼人は目を丸くした。

「二年目ですか。それにしては板についていらっしゃいますよ」

「私も意外だ。しっかりしているから」

里緒は顔の前で手を振った。

「いえいえ、結構ドジ踏んだりしていますよ。一緒に働いてくれている周りの者たちに、いつも支えてもらっています。そんな私はまさに女将の卵。……あ、お時間ございますか。ちょっとお待ちいただけますか」

里緒が腰を浮かせる。隼人と蓬鶴は顔を見合わせた。

「我々は構わないが、まだいても大丈夫なのか」

「もちろんです。では、少しだけお待ちくださいね」

里緒は嬉しそうに、部屋を出ていった。

暫(しばら)くして、里緒はお竹とともに、膳を持って戻ってきた。

「お待たせいたしました。よろしければ、お召し上がりくださいませ」

目の前に置かれた膳を眺め、隼人は声を上げた。

「突然押しかけたというのに、料理まで出してもらって、かたじけない」

「ちょうど腹が減っていたところです。ありがたいですなあ」

蓬鶴は眦を下げ、隼人は唇を少し舐めた。

「おっ、鰹のたたきだ。堪らないなあ。……こちらは何かな」

「召し上がってみてください」

里緒に微笑まれ、隼人と蓬鶴は、早速箸を伸ばす。海苔(のり)で巻かれた芋餅(いももち)のようなものを頬張り、隼人は唸った。

「旨い。ふわふわで、芳ばしくて、口の中でとろりと蕩ける」

「本当に。餅のようでいて、餅にあらず。いっそう味わい深く、食感がよい。これは山芋が混ざっているのですか」

蓬鶴も目を瞠る。

「はい。摺りおろした山芋に、卵とお醬油と味醂を混ぜ合わせたものを、海苔で挟むようにして、両面を焼き上げました。山芋のふわふわ揚げ焼き、と呼んでおります。先ほど、卵のお話が出ましたので、卵を使ったお料理をふと思いついたのです」

隼人は食べる手を一瞬止めた。

「え……この料理、女将が作ったのか」

「はい。料理人は先ほど帰ってしまいましたので、私が。鰹のたたきは、仲居頭に手伝ってもらって、ご用意いたしました」

「女将はなかなかお料理好きなんですよ。……あ、お酒もお持ちしましょうか」

お竹が訊ねると、隼人は首を振った。

「いや。我々は、酒はあまり強くないので、気遣いなきよう。その代わり食べることは大好きなので、この旨い料理をたっぷり味わわせてもらおう」

「鰹のたたきも、絶品ですな。炙り加減も絶妙で、葱の薬味と、生姜たっぷりのタレが利いております」

隼人と蓬鶴は、むしゃむしゃと頬張る。気持ちよいほどの食べっぷりで、里緒とお竹は微笑み合う。

「いやあ、山芋の揚げ焼き、最高だ。ご飯が進んでしまう」

「お代わりございますよ」

「あ、ではお願いできるかな」

隼人は頭を掻きながら、米粒一つ残っていない綺麗な椀を、里緒に渡す。蓬鶴もお代わりをして、男二人は心行くまで、里緒の作った夕餉を楽しんだ。

里緒とお竹に見送られ、隼人と蓬鶴は雪月花を後にした。夜空には半月が輝いているが、里緒は二人に提灯を持たせてくれた。

「素敵な女将さんですねえ。いい御宿のようですし、今度、泊まりにいってみようかと」

蓬鶴は振り返りつつ、歩を進める。

「繁盛しているというのも分かるぜ。仲居頭が、今日も部屋は一杯だと言っていた。もてなしがよいのだろう。しかし……部屋が一杯の時に押しかけちまって、おまけにご馳走にまでなっちまって、図々（ずうずう）しいにもほどがあるな」

隼人は自責の溜息（ためいき）をつく。料理を思い出したのだろうか、蓬鶴は唇を少し舐めた。

「いやあ、旨かったですねえ。女将さん、見目麗しく、情けもあって、お料理も上手。いかにもよいお内儀になれそうですが、独り身のようですね」

「うむ」

隼人が多くを語らずにいると、蓬鶴が顔を覗き込んできた。

「旦那もお独り、女将さんもお独り、これから先が楽しみですねえ。長い人生、まだまだ先がありますからねえ」

「からかうようなことを言うな。まったく、五十嵐殿には少しは落ち着いてほしいぜ。二十も歳下のお内儀を娶（めと）って、ちと浮かれ過ぎじゃねえのか。なるほど人生が充実しているからこそ、歳下の者に能書きを垂れることができるって訳だな」

「おや旦那、話をすり替えたりして、照れていらっしゃるのではありませんか。

私のことは放っておいてくださいましな」

「なら俺のことも放っておけ」

隼人は口調に威厳を籠めるも、蓬鶴はまだにやにやと笑っている。吾妻橋の近くで猪牙舟に乗り、町方同心の役宅のある八丁堀へと戻る。蓬鶴も八丁堀は南新堀町に住んでいるのだ。

大川を舟で行く間、隼人は夜風に吹かれながら、里緒の美しい微笑みと淑やかな所作を思い出していた。


その翌日、隼人は似面絵を持って、知り合いの女師匠を訪ねた。女師匠は原嶋清香といい、八丁堀は楓川沿いの佐内町で、手習い所を開いている。

二十六の清香は同心の娘で、一度は嫁いだものの姑といざこざが絶えず、それがもとで夫との間にも溝ができ、離縁となった。それからは女師匠として、子供たちに読み書き算盤などを教えている。清香は非常に達筆なので、子供たちとは別に、大人にも書道の手ほどきをしていた。

手習いが終わった頃に訪ねると、清香は満面に笑みを浮かべ、隼人を迎え入れた。

「嬉しいですわ、隼人様にお越しいただけるなんて。今、お茶をお淹れしますね」

清香は長屋の一軒を、手習い所兼住まいにしている。決して広くはないが、小綺麗に片付けられ、いつも墨の匂いが漂っていた。隼人は座布団に腰を下ろし、壁に貼ってある子供たちの習字を眺める。お手本として、清香が書いたものも貼ってあった。

「清香さんの水茎の麗しさは相変わらずだが、子供たちの字も元気がよくて、よいものだな」

出されたお茶を啜りながら、隼人は目を細める。

「本当に。子供たちは無邪気に、勢いよく字を書きますから。私、子供たちにいつも言っているんです。上手に書こうと思わなくていい、楽しんで書きなさい、って」

「ほう。それはよい教えだ」

隼人は清香を見つめた。地味な藍色の着物を纏った清香は、化粧も薄く、楚々とした美しさを湛えている。まことに淑やかで、菖蒲の花のような佇まいだ。しかし……清香が隼人を見つめ返す眼差しには、熱いものが籠められていた。

「隼人様に褒めていただけるなんて、光栄ですわ」

「いや、本当にそう思うからだ。楽しみながら学べるというのは、子供にとって幸せなことではなかろうか。清香さんのようなお師匠が増えるとよいな」

「まあ、ありがたいお言葉。精進いたしませんと」

清香は頬をほんのり染める。出戻りでありながら生娘のような清らかさのある清香を、隼人は妹のように思っていた。

隼人は、懐から似面絵を取り出し、清香に見せた。

「ところで、このような女人を知らぬかな。訳あって、探しているところなのだ。手習い所の女師匠風との証言があったので、清香さんに是非お伺いしたいと思ってな」

清香は似面絵を手に持ち、じっと眺めて、首を傾げた。

「女師匠と思しき方なのですか。そう言われてみれば、見たことがあるような、ないような……。この似面絵のほかにも手懸かりって何かあるのですか」

「うむ。二十三から五ぐらいで、背丈は五尺と少しほど。着物は桜色の綿のもので、帯は文庫結びだったそうだ。清香さんと同じく」

「それならばお武家の出でしょうね。もしくはご浪人の娘さんかしら。……この似面絵、お預かりすることはできますか」

「もちろん、預けよう」

「では、仲間の師匠たちにも訊ねてみますね。私は、見覚えがあるようなないような、曖昧ですので」

「それはありがたい。よろしくお願いいたす」

丁寧に礼をする隼人に、清香は微笑んだ。

「隼人様のお役に立てて、嬉しく思います。先日、父がここを訪れた時も、隼人様のことをとても褒めておりました。ぼんやりしているように見えて、なかなか鋭く下手人を追い詰める、って」

隼人は頭を掻いた。

「お褒めのお言葉は嬉しいが……ぼんやりしている、ってのはよけいなような気もするがな」

「あ、あら、私ったら。失礼しました」

清香は手で口を押さえ、目を瞬かせる。

「まあ、気にせず。鈍そうに見えるのは、本当のようだからな」

隼人はお茶を啜って苦笑いした。清香の父親は臨時廻り同心であり、隼人たち定町廻り同心の補佐や指導を務めている。

清香は隼人に頭を下げ、上目遣いで謝った。

「本当に申し訳ございません。私、隼人様とお話しさせていただきますと、心が落ち着くようで、それでいてなにやら緊張してしまうような、不思議な気分になってしまって……」

「それで口が滑ってしまったのか。分かるぞ。俺も緊張すると、やたら腹が減るのでな」

清香は目を瞬かせて、隼人のふっくらとしたお腹のあたりを見る。眼差しを感じながら、隼人はお腹を叩いた。

隼人は清香に似面絵について頼むと、暇することにした。帰り際、清香は金鍔を包んで、隼人に渡した。

「隼人様、甘いものがお好きでしょう。おやつに召し上がってください」

「おお、これはかたじけない。ありがたくいただこう」

隼人は包みを受け取り、福々しい顔に笑みを浮かべて、手習い所を後にした。

翌日、長屋を見張っていた半太から、坂松堂彩光が帰ってきたとの報せがあった。

　隼人は急いで、坂松堂が住む米沢町三丁目へと向かった。長屋の腰高障子を叩くと、坂松堂は寝惚(ねぼ)けた顔で、頭を掻きながら出てきた。明け方に帰ってきて、午近い今も眠っていたようだ。

「お疲れのところすまんが、ちょいと話を聞かせてもらえねえか」

　同心姿の隼人を眺め、坂松堂は怪訝な顔をした。坂松堂は二十七ぐらいだろうか。太々(ふてぶて)しい面構えだが、胸板が厚く、なかなかいい男である。坂松堂は大きな欠伸(あくび)をした。

「どんなご用件でしょう。……まあ、入ってくださいよ。こんなところでは、なんだからね」

「失礼する」

　隼人は土間で雪駄(せった)を脱いで上がったが、部屋の中は足の踏み場もないほど、絵が散らばっている。坂松堂は絵を掻き分け、座布団を置いた。

「お座りください、旦那」

「うむ。かたじけない」

　隼人は湿気た座布団に腰を下ろした。坂松堂は構わずに絵の上に腰を下ろし、胡坐(あぐら)を掻いてまた欠伸をする。隼人は苦笑した。

「ずっと吉原に入り浸りだったようだな。遊び過ぎたのか」

「遊びならいいですけど、仕事だったのでね。朝から晩まで遊女の絵を描いてましたよ。……まあ、それなりに楽しいこともありますがね」

坂松堂は無精髭(ぶしょうひげ)をさすりながら、にやりと笑う。彼の首には、女に噛まれたような跡が残っていた。それに目をやりつつ、隼人は切り出した。

「ところで数日前、山之宿町の秋草稲荷で、ある男の死体が見つかったんだ。そのことは知っているか」

坂松堂は目を瞬かせた。

「いや、知りませんねえ」

「殺された男は、宝田伝兵衛と名乗り、泊まった旅籠の宿帳にもそう記していた。武蔵国府中の名主、ともな。しかし、調べてみたところ、府中にそのような名主など存在しないことが分かった。男はその身なりや持ち物などから、身分はそれなりの者と窺われる。細身で白髪、歳は五十六、七だ」

坂松堂は黙って隼人の話を聞いている。隼人は続けた。

「そしてその男の懐には、天狗山ふえ麻呂という雅号の入った絵が、三枚ばかり残っていたんだ。その雅号は、お前さんが昔使っていたものだと聞いた。どうだ、そのような男に心当たりはねえか」

坂松堂は隼人から目を逸らし、懐手で答えた。

「よく分かりませんね」

「お前さんが昔、天狗山の雅号で描いていた時、絵を売った者の中に、そういう男はいなかったか。よく思い出してくれ」

隼人は懐から三枚の紙を取り出し、坂松堂の前に並べた。

「ほら、ここに薄らとだがお前さんの雅号が書かれている。雨に濡れてすっかり滲んでしまったが、いったいどんな絵を描いたか思い出せねえか。それが分かれば、重要な手懸かりになるかもしれねえんだ」

紙を眺める坂松堂の顔つきが強張ったことに、隼人は気づいた。坂松堂はすぐに紙から目を逸らし、溜息をついた。

「江戸に来る前、八王子にいたのは確かですよ。その頃から、百姓をしながら、いろいろな絵を描いて売ったりしていたのも本当です。でも、売った相手のことなどいちいち覚えていませんよ」

坂松堂は隼人と目を合わせたくないかのように、躰をやや横に向けている。隼人は察した。

――こいつ、なにやら白を切っていそうだ。

坂松堂は暖簾に腕押しといった態度だったので、隼人は、それ以上は訊ねずに帰ることにした。

長屋から出たところで、半太が声をかけてきた。

「どのような具合でしたか」

「うむ。なにやらはぐらかされたが、あいつはやはり臭う。半太、暫く見張っていてくれ」

「合点承知」

坂松堂は半太に任せ、隼人は清香からもらった金鍔を頬張りながら、八丁堀へと戻っていった。

三

翌日には岡っ引きの亀吉が、聞き込みで得たことを隼人に報せにきた。

「死体が見つかった秋草稲荷の祠の近くに、笛が落ちていたというんです。死体を運んだ後で、ある子供が遊びにきて、水溜まりの中にあったそれを拾ったと。その子供は、稲荷の近くに住んでいる良助(りょうすけ)という五つの子で、その笛を家に持って帰ってきたので、おっ母さんが綺麗に洗ってあげたといいやす。良助は嬉しかったみたいで、再び秋草稲荷を訪れてその笛を吹いて遊んでいたら、見知らぬ男が現れ、返せと言って笛を奪い去ったそうです。良助は、怖いおじちゃんだったと暫く泣いていたといいやす。良助のおっ母さんから、そんなことがあったと聞きやした」

隼人は身を乗り出した。

「笛か……。その笛は、どんな笛だったんだろう」

「子供が吹いて遊べるようなものでしたら、小さいものではないかと」

「うむ。その良助という子に直接話を聞いてみるか」

「へい、案内いたしやす」

隼人と亀吉は連れ立って、山之宿町へと向かった。

秋草稲荷の近くの長屋に、良助は住んでいた。隼人は母親に頼んで、良助と話をさせてもらうことにした。

同心姿の隼人を見て、良助は母親の後ろに隠れて目を瞬かせていたが、隼人が福々しい笑みを浮かべると、良助もつられて笑った。隼人は優しく語りかけた。

「坊やが拾った笛というのは、どんな笛だったかな」

「小さかったよ」

「穴はいくつ開いていたかな」

「うーんと」

良助は首を捻った。

「二つぐらいかな」

「……うん、そうだと思う。二つ」

幼いながらも、良助は必死で思い出そうとしている。隼人は亀吉になにやら耳打ちし、あるものを貸してもらった。

「その笛って、こういう笛かい」

隼人は、岡っ引きが常に携えている、呼子笛を良助に見せた。良助はそれを手に取り、じっと眺めた。

「似てる……。うん、これかもしれない。……もう少し小さかったかなあ」

隼人は良助に微笑んだ。

「吹いてみるかい」

「いいの」

隼人が頷くと、良助はおずおずと笛を鳴らした。何度か吹き、首を傾げながら、良助は呟いた。

「うん……これかなあ」

隼人は良助の小さな頭を撫でた。

「ありがとう、力添えしてくれて。礼を言うよ。それで坊や、その笛を奪っていったというおじちゃんの顔は覚えているかな。そのおじちゃんを見れば、分かるかい」

良助は首を傾げ、そして横に振った。

「分からないと思うよ。おじちゃん、笠を被っていたんだ。顔が見えなかった」

「笠をかい。そうか……なら難しいか。いくつぐらいだったかも分からないかな。たとえば、お父さんと同じぐらいとか。そうだ、おじちゃんと同じぐらい、とかでもいいのだが」

おじちゃんと言った時、隼人は自分を指差した。良助は隼人をじっと見つめた。

「おじちゃんよりは下だと思う。お父っちゃんより少し上ぐらいかなあ」

「お父っちゃんって、いくつだい」

「二十四です」

良助の母親が口を挟んだ。

「なるほど、そうか。それで、笛を奪ったおじちゃんは、どんな背恰好だったかい。痩せてたかい、普通かい。それとも、おじちゃんみたいに肥えていたかい」

隼人が再び自分を指差すと、良助の顔がほころんだ。

「おじちゃんみたいに、ぽちゃぽちゃしてないよ。背はお父っちゃんぐらいで、普通。でも、うーん、強そうだった」

「そうか。それでよけいに怖かったんだね」

良助の話を聞きながら、隼人は察した。

――つまり、頑丈そうな男だったということだな。筋肉がついているような。

隼人は良助に礼を述べた。

「教えてくれて、ありがとう。また何か聞かせてもらうことになるかもしれないけれど、その時はよろしくな」

良助はにっこりして、隼人のお腹を撫でた。

「おじちゃん、いつでも来てね」

「こら、良助。お役人様、でしょう。おじちゃんなんて言ったら駄目よ」

良助の母親が怒るも、隼人は笑顔で宥めた。

「よいのだ。こんな小さな子に、お役人様などと呼ばれるほうが、こそばゆい。……坊やは本当にいい子だな。おじちゃん、また会いにくるぞ」

「うん、楽しみにしてるね」

隼人は良助の頭を撫で、母親にも礼を言い、亀吉とともに立ち去った。

秋草稲荷へと戻りながら、二人は話をした。

「笛か。笛というなら、やはりあの天狗山ふえ麻呂、いや坂松堂彩光は怪しいな」

隼人は腕を組む。亀吉は、顔を少し曇らせた。

「落ちていたのが呼子笛だとすれば、岡っ引きが怪しいという線もありえやすね」

二人は立ち止まり、顔を見合わせる。

「うむ。まあ、呼子笛にもいろいろな種類はあるからな。一概に岡っ引きが怪しいとは言えんだろう。それに、その笛というのが本当に下手人が落としたものか否かは、まだ分からねえ。事件にまったく関わりなく、単に誰かが落としただけのものだったかもしれねえからな。だからまあ、その落ちていた笛のことは、ひとまず置いておくことにしよう」

とは言うものの、隼人はやはり坂松堂がなにやら引っかかるのだった。

隼人より歳下で、良助の二十四の父親より歳上で、肥えてはいないが頑丈な躰つき。すべて、坂松堂に当て嵌まるがゆえに。

隼人は亀吉を引き連れ、その足で再び米沢町の坂松堂の住処へと向かった。長屋の近くで見張っていた半太は、二人に気づくと、一礼した。

「お疲れさまです。また踏み込むんですか」

「うむ。どうだ、あいつ、中にいるか」

「はい。明け方、女が出ていきましたが、坂松堂は閉じ籠ったままです」

「なに、家に戻ってきたと思ったら、早速女の出入りがあるのか。けしからん奴だ」

眉根を寄せる隼人に、亀吉はほくそ笑む。

「坂松堂ってのは、妖し絵を描かせたら右に出る者がないというじゃありやせんか。そのような絵師なら、破茶滅茶な暮らしぶりってのも分かりやすぜ」

「亀吉の兄いとは気が合いそうですね」

半太に肘を突かれ、亀吉は得意げに顎をさする。隼人は咳払いをした。

「そのような色男談義は置いておいてだ。とにかく、あの、ふえ麻呂に話を聞いてやる。なにが、ふえ麻呂だ。女に笛をぴいぴい吹かせて、ふざけやがって」

隼人は丸い躰を揺さぶりながら、長屋の中へ入っていく。亀吉は急いで後に続いた。

隼人が腰高障子を叩くと、坂松堂は再び寝惚け眼で出てきた。

「またですか。今度は何の御用……」

坂松堂は気怠い素振りで、欠伸をしていたが、隼人が今日は朱房の十手を見せたので、ぎょっとしたように身を竦めた。

「ちょいと上がらせてもらうぜ」

もはや遠慮もせず、隼人と亀吉は、坂松堂の住処へと上がり込む。部屋には酒の匂いとともに、白粉の薫りも残っていて、自堕落な熱気が籠っていた。

隼人と亀吉は、取り散らかった部屋の中、どかりと腰を下ろし、坂松堂と向き合った。

顔を顰めている坂松堂に、隼人は死体の傍に笛が落ちていたことや、良助から聞いたことなどを話した。

「それで、やっぱりお前さんが臭うと思ったんだよ。殺された者の懐には〈天狗山ふえ麻呂〉の絵があり、その近くには笛が転がっていたんだ。偶然にしてはでき過ぎてはいねえか、笛好きの絵師さんよ」

隼人が凄むと、坂松堂はさすがに顔色を変えた。

「でも……その人が殺されたと思しき頃、俺には、吉原に居たという証拠（あかし）がありますよ」

「だがよ。お前さんは吉原に居続けていたというが、こっそり抜け出して殺（や）ったってこともありうるだろうよ」

隼人は朱房の十手で畳を打ちながら、坂松堂を見据える。坂松堂の額に、微かな汗が滲み始める。隼人はさらに凄んだ。

「お前さん、殺されたのが誰か、本当は心当たりがあるんじゃねえのか。知っていることがあるなら、すべて正直に話せ」

朱房の十手で畳を激しく叩かれ、坂松堂は身を竦める。亀吉も鋭い目つきで、坂松堂を睨んでいた。

坂松堂は息をつき、観念したかのように項垂（うなだ）れた。

「分かりました。お話ししますよ」

「よし。で、誰だと思う、殺されたのは」

「……その人は恐らく、八王子は横山宿名主の田中伝兵衛さんではないでしょうか」

隼人は身を乗り出した。

「お前さんは、江戸に来る前、八王子にいたといったものな」

「ええ。この間もお話ししましたが、百姓の生まれなので、畑を耕したりしながら絵を描いていたんですよ。その頃も絵を売ったりして小銭を稼いでいましたが、その道でどうしてもやっていきたくなって、江戸へ出てきたんです。五年前に」

「その田中伝兵衛にも絵を売っていたのか。どういう仲だったんだ」

坂松堂は上目遣いで隼人を見て、にやりと笑った。腹を括ったかのような、不敵な顔つきだった。

「ええ、売ってましたよ。それどころか俺は、伝兵衛さんが時折開いていた、奇妙な宴にも招かれていました。そこでも絵を描いて、小遣いを稼いでいたんですよ」

「奇妙な宴ってのは、どういうものだ」

隼人と亀吉は眉根を寄せる。坂松堂は声を少し低くした。

「集まるのは、八王子の金持ちや、甲州は大月の富豪商人たちです。その者たちの前で、俺が妖し絵を描くのですよ。裸の女を時には花で飾ったり、時には猫と絡ませたり、時には男と絡ませたりしてね。まあいわゆる金持ちたちの退廃した遊びですよ。結構、盛況でした」

隼人は目を瞬かせた。

「そんなことをして金子を稼いでいたってえのか。それで、その時に描いた妖し絵も、田中伝兵衛が買い取っていたのか」

「ええ。伝兵衛さんが買うことが多かったですが、集まった人たちの中にもどうしてもほしいという人がいて、そういう人たちにも売ってましたね」

坂松堂は懐に手を入れ、気怠そうに肩を搔く。

「伝兵衛に売ったというのは、妖し絵だけかい。お前さんはそのほかの絵も描くというが、風景などを描いたものは一枚もなかったか」

「あの人に売ったのは、すべて妖し絵ばかりでしたね。それもかなり激しいものですよ。そういう趣味の方でしたからね」

「激しいというと、縛り上げたり吊るしたり、とかか」

亀吉がつい口を出す。坂松堂は薄笑みを浮かべた。

「よくお分かりで。しかも伝兵衛さんは、女の顔や躰をはっきり描いたものが好きなんですよ。だからそのように描かされていました。顔や躰の特徴を細かく描くよう注文されるんです。口元や乳房にある黒子だとか、尻の小さな痣とかまでね」

「そんな趣味があったのか……。あの男、どこぞの名士風のなりをして」

隼人は思わず腕を組む。坂松堂の話から、隼人は勘を働かせた。

——伝兵衛が雪月花で会っていた三人の女たちってのは、もしや、かつて妖し絵に描かれた女たちだったのではないだろうか。

隼人は、坂松堂にさらに訊ねる。

「お前さんが妖し絵に描いた女たちの中で、その後、江戸へ出てきたという者はいねえか」

「そうですね……。聞いたことがあるのは、何人かいます」

「それはどのような者たちだ」

「芸者になったとか、岡場所の遊女になったとか、意外なところでは手習い所の女師匠になったのもいるとかいないとか。後は、大店の内儀になったとか、水茶屋に勤めているとか、ですかね。まあ、一番驚いたのは、役人の奥方になったという話ですがね。浪人者の娘もいたから、ありえない話ではないかもしれませんが」

隼人は目を瞠った。

――手習い所の女師匠、大店の内儀、役人つまりは武家の奥方になっていると思しき者もいるというのだな。その三人は、雪月花の女将が女たちの身なりから判断したことと、符合している。

だが、坂松堂によると、こういうことのようだ。

「手習い所の女師匠や、お役人の奥方になった者もいると聞いただけで、詳しくは知りません。あくまで噂ですよ」

坂松堂が唯一はっきり知っていたのは、日本橋の油問屋〈富樫屋〉の内儀になったという、お節だけだった。

坂松堂は話した。

「その女たちは、八王子にいる頃は貧しくて、金子を稼ぐために妖し絵に描かれたりしたのですよ。あっちのほうは凶作が続いて、食べ物に困っている者たちが結構いましたからね。親兄弟のために、そうやって小銭を稼いでいた女がいたんです。まあ、そういう女たちの中にも、小銭を貯めて江戸へ出てからは、なかなか順調にやっていた者もいたようですね」

「……順調にやっているところへ、来し方を知っている伝兵衛が訪ねてきたら、気分がいい訳ねえよな」

坂松堂は眉根を寄せた。

「そういや伝兵衛さんは、女たちの足形も取っていましたよ。女を描いた妖し絵と、その女の足形を一組にして、収集していたんです。伝兵衛さん、こんなことを言ってました。こうしておけば、後々まで、絵に描かれた女がどこの誰だったかを思い出しながら愉しめるからな、なんてね」

足形は手形と同様、一人一人違っていて同じものがないので、個人を特定することができる。隼人は溜息をついた。

「足形も集めていたってえのか」

「ええ、伝兵衛さんには拘りがありましてね。足が小さいのが美人の条件だと言うんですよ。しかも踵が真っ白で、つるつるなのがよいと。俺が妖し絵に描いた女たちも皆、そうでしたよ」

隼人は考えを巡らせる。

——その女たちは、その昔、妖し絵に描かれたことを伝兵衛に脅かされ、強請られたのではないだろうか。顔や躰の特徴まではっきり描かれた妖し絵だけでなく、足形までをも証拠にされて。今の暮らしが順調ならば、そんなことをされたら堪ったものではないだろう。ならば、伝兵衛を殺ったのは、その三人のうちの誰かなのでは。

隼人は、役人の妻になったという女のことも、無性に気に懸かった。

隼人は坂松堂に頼んで、遺体の顔を確かめてもらったが、やはり田中伝兵衛に違いないようだった。

第三章　探索と美食の旅

一

幕臣である隼人には江戸を出るにも許可がいる。許可を上役にもらい、亀吉を連れた隼人は、八王子は横山宿へと向かうことにした。朝早く発ち、内藤新宿へ着いたところで、腹ごしらえをする。

内藤新宿の名産品といえば、内藤唐辛子だ。天かすと葱がたっぷり載った蕎麦に、唐辛子を振る。それを手繰って、隼人と亀吉は目を細めた。

「旨えなあ。ぶっかけ蕎麦に唐辛子というのは、実に合うな。少し甘みのある汁が、唐辛子でぴりりと引き締まる」

「天かすがなくても、葱と唐辛子だけで何杯でも食えそうですぜ」

「うむ。ここから八王子までは十里（約四十キロ）あるから、もう一杯食っておくか。力をつけとかねえとな」

「では、あっしも。ご相伴いたしやす」

二人は蕎麦をお代わりして、内藤新宿を発った。玉川上水を眺めながら、甲州街道を歩いていく。少し行けば、緑眩しい光景が広がり始める。幸い天気がよいので、江戸市中とは違う長閑な景色を楽しみながら、二人は歩を進めた。二人とも菅笠を被り、手甲に脚絆に草鞋といった旅姿だ。

八王子まで歩くには、男の足でだいたい半日ほどかかる。横山宿に着いたのは、暮れ六つを過ぎた頃だった。

横山宿は、八王子十五宿とも言われる八王子宿の一つである。横山宿や八日市宿、子安宿などが集まって、八王子宿を成しているのだ。八王子宿は横山宿と八日市宿を中心に栄え、四がつく日は横山宿で市が立ち、八王子の名産である絹織物や、魚や野菜などが売り買いされた。八がつく日は、隣の八日市宿で市が立つのだ。

隼人たちはまず、名主の住処であろう横山宿の本陣へと向かった。出てきた小者に十手を見せ、伝兵衛がいるか訊ねると、小者は躊躇いの色を見せた。

「あの……ご主人は江戸へいらしたきり、まだ戻っておりません」

隼人が、伝兵衛らしき者が江戸で殺されたということを告げると、小者は目を見開き、言葉を失ってしまった。

「まだ遺体を検めているところだが、近いうちに引き取りにいくように」

「かしこまりました」

伝兵衛の内儀は既に他界しているとのことだった。隼人は小者に、伝兵衛のことをいろいろ訊ねてみた。だが小者は、詳しくは存じません、とばかり答えた。小者は酷く動揺しているようだ。

——これでは埒が明かねえな。まあ、使用人の立場なら仕方がねえか。

一応確認が取れたので、隼人は小者に礼を言い、本陣を後にした。

日はすっかり暮れたが、横山宿は賑わっている。あちこちの旅籠から、呼び込みをする声が聞こえていた。

「さて、どこの旅籠に泊まるか」

隼人と亀吉がぶらぶらと歩いていると、どこぞの飯盛女らしき者が横を通り過ぎ、わざとらしく櫛を落とした。隼人はそれを拾い、声をかけた。

「おい、今これを落としたぞ」

女は振り返り、にっこり笑って、櫛を受け取った。

「あら、素敵な旦那、ありがとうございます。大切な櫛なのに、うっかり落としたまま行ってしまうところでした。ねえ、旦那。お礼にお銚子一本つけますので、今宵の御宿はうちになさいません」

どうやら新手の客引きのようだ。隼人と亀吉は顔を見合わせ、苦い笑みを浮かべる。女は派手な着物の衣紋を大きく抜いて、白粉をたっぷり塗ったうなじと背中を覗かせている。顔立ちも派手なその女は、艶めかしい目で隼人を見つめた。

「うちの旅籠は老舗で、お料理もお風呂もよいと評判ですよ。〈糸屋〉と申します。……お疲れのようでしたら、あちきが旦那のお躰を揉みほぐして差し上げますわ」

隼人は女を見つめ返した。

「ふむ、老舗なのか。お前さんがその糸屋で働くようになって、どれぐらいだ」

「もう三年になりますねえ」

「ならば、横山宿名主の田中伝兵衛を知っているかい」

女は目を瞬かせた。

「ええ……知っておりますけれど、田中様がどうかなさったのですか」

伝兵衛の異変については、まだこちらまでは伝わっていないようだ。隼人は女を見据えた。

「本当に知っているのか、田中伝兵衛を」

「はい。うちの旅籠にも、時折いらしてましたから」

「泊まりにきていたのか」

「はい。お泊まりになることもございましたが、遊びにいらしてました。あちきみたいな飯盛女を侍らせて、呑めや歌えやの酒宴を開いたり……その後をお愉しみになったり」

隼人は女の肩にそっと手を置いた。

「よし、今宵の宿は、お前さんのところに決めた。夕餉の後には足腰を揉んでもらうぜ。江戸から来て、ちと疲れたからな」

「まあ旦那、ありがとうございます。やっぱりあちきの思ったとおり、太っ腹で素敵な方だわあ。あちき、お凜といいます。嬉しいわあ、旦那と出会えて。……あ、そちらの旦那も素敵ですねえ」

ついでのように言われ、亀吉は少々むっとする。隼人の前では、色男の亀吉も形無しなのだ。

お凜に案内され、隼人と亀吉は糸屋に向かった。お凜は隼人に引っ付くようにして歩いているので、亀吉はその後ろを従いていく。なかなかの構えの旅籠の前でお凜は立ち止まり、隼人たちに微笑んだ。

「お疲れさま、ここが糸屋です。ゆっくりお休みになっていってくださいね」

お凜ははしゃいだ様子で暖簾を潜り、中に向かって、お客様をお連れしました、と叫ぶ。すぐに仲居が盥を持って現れて、隼人と亀吉の足を丁寧に濯いでくれた。

隼人はさっぱりした気分で上がり框を踏み、お凜に告げた。

「案内してくれてありがとうよ。綺麗な宿だな。夕餉の後で呼ぶから、その時はよろしく頼む」

お凜は衿元を直しながら、隼人に流し目を送った。

「もちろんですわ、旦那。お声をかけてくださるの、楽しみにしております」

そしてお凜は背伸びをして、隼人の耳元で囁いた。

「いつでもいいですからね。お待ちしております」

お凜はすっかりその気のようだ。隼人も笑みを浮かべて頷く。その傍で、亀吉はしらっとした顔で唇を尖らせていた。

二階に上がり、部屋へ入ると、隼人は大きく伸びをした。

「ああ、ようやく一息ついた。さすがに疲れたな。少し痩せたような気がするぜ」

　隼人はお腹をさすって、笠を脱ぐ。刀も外し、腰を下ろして胡坐をかいた。亀吉も笠を脱いで、畳の上で足を伸ばす。すると早速、仲居がお茶を運んできた。

「おっ。お茶請けまであるじゃねえか。それも俺の大好物の、かりんとうだ」

　嬉々とする隼人に、仲居は微笑んだ。

「お茶請けは、お凜さんからのお礼だそうです。この宿を選んでくださって嬉しかったようですよ」

「ほう、そうだったのか。いや、このかりんとう、諄くない甘さで旨いぞ。お茶がいっそう芳ばしく味わえる」

　隼人は相好を崩して、かりんとうを齧る。

「お褒めくださって、お凜さんも喜びます。ところでお風呂はもう沸いておりますが、お夕飯とどちらを先になさいますか。こちらもすぐにご用意できますが」

　隼人は亀吉を見やった。

「どちらにする」

「いえ、あっしはどちらが先でも」

「そうか。……じゃあ、夕餉を先にしてくれ。内藤新宿を出る時に食べたきりなんで、腹ぺこだったんだ。だからこのかりんとうの旨さといったら、胃ノ腑に沁み渡るようで」

その時、隼人のお腹が大きく鳴って、仲居は思わずくすくす笑う。隼人は赤面した。

「いや、これは失礼」

「いいえ、こちらこそ失礼いたしました。では、お先にお夕飯をお持ちいたしますね」

「よろしく頼む。腹の虫が、待ち切れずに煩く鳴いているからよ」

仲居は笑いを噛み殺しつつ、一礼して下がった。

「確かに腹が減りやしたよね。……しかしこのかりんとう、甘いものが苦手なあっしでもいけますわ」

畳にごろりと転がって、亀吉もかりんとうを齧る。隼人は、かりんとうを載せた懐紙の下に、折り畳んだ懐紙が添えられていることに気づいた。それを広げてみると、こう書かれてあった。

《まってます。おりん》

お茶を啜りながら、隼人はその言伝をじっくり眺めた。

――ふむ。仮名のみだが、なかなか丁寧に書いているじゃねえか。あのお凜という女は、根は真面目なんだろう。

そのようなことを考えていると、寝そべったままの亀吉のぼやきが、耳に入った。

「あーあ、特別いい男でもないのにモテるってのは、不思議ですなあ」

隼人はかりんとうをまた齧り、お茶を啜って、静かに訊ねた。

「……亀吉、今、何か言ったか」

「い、いいえ。何も」

亀吉は、寝返りを打って隼人に背を向け、舌を出す。隼人は特に気にもせず、咳払いを一つすると、仲居が置いていった宿帳に名をつけ始めた。

すぐに夕餉が運ばれてくると、膳を眺めて、隼人と亀吉は眦を下げた。品書きは、麦飯、独活の味噌汁、烏賊の胡麻味噌焼き、薇と竹輪の煮物、奴豆腐、独活の甘酢漬け、だ。

二人は舌舐めずりをして膳を眺め、早速箸を伸ばす。

爽やかな味わいの味噌汁を啜り、もちもちとした麦飯を嚙み締め、烏賊の胡麻味噌焼きを頰張る。

「うむ。この芳ばしさよ。また、なんとも軟らけえ。烏賊にこの胡麻味噌はよく合うぜ」

「煮物もいい味っすよ。薇と筍に、竹輪の旨みが絡まって、この一皿で旬を味わえやす」

「独活の甘酢漬けというのも、歯応えがあってよいな。独活のほろ苦さが甘酢で和らぎ、これだけでも飯が進む」

「箸休めは奴豆腐というのがまた、贅沢なもんです」

二人は喋りながらもひっきりなしに箸を動かし、仲居が置いていった御櫃を米粒一つ残さず空にして、あっという間に平らげてしまった。

「ああ、食った、食った。腹が膨れると今度は眠くなっちまうな」

「仲居が呼びにくるまで一眠りしやしょうか。それから風呂に入って、その後、呼ぶんでしょう。さっきのお凜とかいう女を」

亀吉がにやける。隼人は膨れたお腹をさすりながら、横になった。

「うむ。お凜に足腰を揉んでもらおう。お前も揉みほぐしてもらえ」

「へへ。じゃあ、あっしにも、ほかの女をつけてくださるって訳で」

「いや、呼ぶのはお凜だけだ。勘違いするな」

「え、そうなんですかい。じゃ、じゃあ、旦那とあっしで一人の女を……。そりゃまた淫らというか、刺激が強いというか」

亀吉は、独りで悶々とし始める。その傍で、隼人は既に鼾をかいていた。

四半刻ほどして仲居が膳を下げにきて、その時に風呂を勧められたので、二人は入りにいった。風呂は一階の奥にあり、男湯と女湯とに分かれていた。石榴口を潜り、湯気がもうもうと煙る中、檜の湯槽に躰を沈める。隼人と亀吉は、あまりの気持ちのよさに、つい呻き声を上げてしまった。

「躰の芯にまで沁み渡るようだぜ」

「風呂はいいっすねえ、やっぱり。疲れがすっきり取れますわ」

二人は目を細め、熱い湯を堪能する。汗が噴き出した躰を洗い清めて、部屋に戻ると、布団が敷いてあった。

暫くするとお凜がいそいそとやってきたので、隼人と亀吉は並んで、足腰を揉みほぐしてもらうことにした。飯盛女のお凜は、胸元がはだけた艶めかしい姿で、隼人に微笑んだ。

「旦那。お相手するの、あちき一人でよろしいんですか。もう一人呼びましょうよ」

「いや、いいんだ、お前さんだけで。こっちの男と順番に揉んでくれ。武骨な男二人を揉みほぐすのは骨が折れるだろうが、よろしく頼む。すまねえな」

「かしこまりました。では旦那からお揉みしますね」

お凜は隼人の腰に跨り、まずは肩から揉みほぐしてゆく。亀吉は隣で酒を啜りながら、その様子を眺めてにやけていた。

「おおっ、なかなか上手ではないか。力加減が絶妙で、気持ちいいぜ」

「旦那、あちきに任せておいて」

お凜は熱心に取り組み、いつの間にやら、額に汗を浮かべて隼人の大きな躰と格闘していた。隼人はうつ伏せのままで、眉を掻いた。

「すまねえなあ。俺がデカいから、苦労かけるぜ」

「あら、いいわよ。あちき、大きな人、好きだから。安心するのよね、傍にいると。包まれているようで」

「そうかい。そう言ってくれると、なんだか嬉しいぜ」

「嬉しいのは、こちらよ。旦那、この旅籠に泊まってくれたんだもの」

お凜は笑顔で、せっせと手を動かす。

「……ああして、客引きさせられたりもしているのかい」

「客引きだって分かったの」

お凜の手が一瞬、止まる。隼人は笑った。

「分かるぜ。まあ、お前さんは別嬪だから、あんな見え透いた手でも、乗ってくる客は多いだろうけどよ」

お凜は溜息をつき、また手を動かし始めた。

「この辺りも、旅籠同士の競争が激しいのよ。だから、あの手この手を使ってるって訳。どこもそうよ、うちだけじゃないわ」

「分かっているさ。でも、どうせやるなら、もう少し巧くやってほしいぜ。あれじゃ見え見えだからよ」

「もう、旦那ったら、意地悪ね。自分だって乗ってきたくせに」

お凜は唇を尖らせ、手に力を籠めて、隼人の腰をぐいぐいと押す。隼人は思わず悲鳴を上げた。

「わ、悪かった。憎まれ口はもう叩かねえ。すまん」

隼人の謝罪にお凜は満足げな笑みを浮かべ、再び優しく揉みほぐしていく。安堵の息をつき、隼人はさりげなく話を変えた。

「ところで、田中伝兵衛のことを知っていると、お前さんは言ったな」

「ああ、さっきも仰ってましたね、田中様のこと」

「あの人のことについて、もう少し詳しく訊きてえんだがな」

お凜の手が再び止まる。お凜は少々怪訝な顔で、隼人に訊き返した。

「お客様って、どういうお仕事なさってるんですか。宿帳には、確か幕府役人としか書かれてなかったようですが」

そこで亀吉が布団の下から十手を取り出し、それでお凜の肩をぽんぽんと叩く。お凜は十手を見て、身を竦めた。隼人はうつ伏せのまま伸びをした。

「俺は南町奉行所の定町廻り同心で、こちらの男は岡っ引きだ。伝兵衛が江戸で事件に巻き込まれた疑いがあるので、お前さんにもちょいと力添えしてもらいてえという訳だ。なんでもいいから、伝兵衛について知っていることを教えてくれねえか。よろしく頼む」

隼人はむくりと身を起こし、お凜に向かい合い、頭を下げた。お凜は胸元の乱れを直しつつ目を瞬かせていたが、素直に頷いた。

「あちきでよろしければ、お力添えいたします」

「それは助かる、ありがてえ。田中伝兵衛とはどういった者だったか、お凛さんが伝兵衛に対して感じていたことを、率直に話してくれればいいぜ」

お凛はもう一度頷き、思い出すようにして、ぽつぽつと語った。

「さっきも少しお話ししましたように、田中様は穏やかで上品な御仁に見えますが、なかなかどうして癖のある方ですよ。八王子や大月の金持ちたちとつるんでいて、よくこの宿でも遊んでいらっしゃいます」

「その、八王子や大月の金持ちには、どういう人たちがいるか分かるかい」

「ええ……その土地の名主様だけでなく、金貸しとか。呉服太物問屋のご主人もいらっしゃいますね。あとは飛脚屋や質屋などでしょうか」

「そういう者たちが集まって、この宿でも酒宴を開いていたのだな」

「月に一度は必ずしていますよ。でも……」

お凛は不意に口を噤んだ。隼人は亀吉に目配せをして、お凛にも酒を呑ませた。盃一杯をきゅっと呑み干し、お凛はふぅと息をつく。隼人はいっそう優しい口調になった。

「知っていることは何でも話してくれねえか」

「はい。……お得意様にこういうことを言ってはなんですが、田中様たちはあまり評判がよいお客様という訳ではなくて。お金持ちの人たちなのに、値切ったり、女癖も悪くて、あちきたち飯盛女に嫌がられるようなことを平気でなさるんです。厚かましいんですよ。金払いも、初めのうちはよいのですが、次第につけを溜めるようになってきて。田中様はここの名主でいらっしゃるから、うちのご主人もお内儀さんも文句を言えないようで、困っているみたいです」

「金は持っているだろうに、そのようなことをするなんて、相当な吝嗇なのだろうか」

お凜は首を竦めた。

「あちきが思いますに、田中様はなかなかの人でなしですよ。吝嗇というよりは、浪費家なのではないでしょうか。あの方、骨董品や絵の収集に夢中で、金子はいくらあっても足りないようですから」

「骨董品や絵か……確かに金はかかりそうだな」

隼人は亀吉に目配せして、もう一杯、お凜に呑ませた。お凜は下戸なのか、既に頬を紅潮させている。お凜は隼人を流し目で見ながら、笑みを浮かべた。

「田中様って、春画みたいなものも集めているようですよ。あちきも誘われたことがあるんです。あちきの淫らな姿を描かせてほしい、絵師も手配しているから、って」

「それはいつ頃のことだい」

隼人が酒を注いでやると、お凜は嬉々として啜った。

「一年ぐらい前かしら。でも断りましたよ。だって田中様って、なにやら怪しげな雰囲気ですから。そのような絵に描かれて、後々まで集(たか)られでもしたら堪りませんからね」

お凜はふしだらなように見えて、なかなか鋭いところがあるようだ。隼人はすぐにまた、お凜の盃に酒を注ぐ。

「うむ。よい心がけだ。自分の身は、自分で守らねばな」

「あら、ありがと、旦那。でも……旦那があちきの淫らな絵を描いてくれるというなら、すぐに諸肌(もろはだ)脱いでも構わないわあ」

お凜は酒が廻って火照(ほて)った躰を、隼人に押し付けてくる。潤み切った目で見つめられ、隼人はたじろぐも、すかさずまた酒を注ぐ。

「それは嬉しいが、その話はちょっと置いておこうぜ。伝兵衛が最後にここに来たのはいつ頃かい」

「ええっと、確か、二月(ふたつき)以上前ね。なにやら、仲間内で揉めたというような話を聞いたけれど」

「どんなことで揉めたんだろう」

「詳しくは知らないけれど、何かあったのは確かなようね。……ねえ、でも、どうして田中様のことをそれほど探っているの。なにかしたの、あの人」

お凜はしゃくりあげながら、隼人に迫ってくる。隼人はお凜の肩をそっと抱き、耳打ちした。

「ここだけの話だ。まだ誰にも言っては駄目だぜ。……実はな、田中伝兵衛は、江戸で殺されたんだ」

するとお凜は目を見開き、両手で口を押さえた。

「こっ、こっ、殺され……」

隼人は大きく頷く。酒が廻っていたところに衝撃的な話を聞かされたせいか、お凜はふっと気を失い、隼人の胸に顔を突っ伏した。

隼人はお凜を床に寝かせた。亀吉と二人で隣の部屋へ移り、お茶を啜って一息つく。

「旦那、ちょっと呑ませ過ぎやしたね」

「まあ、眠ってくれたほうがいいぜ。疲れているだろうし、暫く休ませてやろう」

「へへ、やはり、色事(いろごと)などは端(はな)から考えてなかったって訳ですね」

「うむ。いろいろ話してもらえてありがたかった。なるほど、伝兵衛は仲間と揉めていたというのか。いったいどのようなことだったんだろうな」

隼人は腕を組む。

「明日は、伝兵衛の仲間というのを探し当てて、訪ねてみやすか」

「うむ。甲斐(かい)国の大月まで足を延ばしてみてもいいかもしれねえな」

隼人と亀吉は探索の相談をする。大月に行くまでには関所があるが、武士である隼人は通行手形がなくても名のれば通ることができる。亀吉も隼人の連れということで、手形なしでも話をつけてもらえそうだった。

お凜はよほど疲れが溜まっていたのか、酒に弱いのか、なかなか目を覚まさない。隼人と亀吉は布団ではなく、畳の上で寝ることになった。

明け方、二人が目覚めると、傍にお凜がバツの悪そうな顔で座っていた。お凜は平身低頭(へいしんていとう)で謝った。

「あちき、お酒が弱くて……酔っ払って寝てしまって、たいへん申し訳ありませんでした。本当になんてお詫びしてよいか。……あの、まだお時間ありますから、今からでもよろしければ、ご奉仕させていただきます」

隼人は寝惚け眼を擦り、笑った。

「昨夜たっぷり揉みほぐしてもらったから、それで充分だ。いろいろな話を聞かせてもらえて、ありがたかったぜ」

隼人はお凜にそっと心付けを渡す。お凜は目を丸くした。

「そ、そんな。このようなことをしてもらっては……。あちき、眠り込んでしまいましたのに」

「いいんだ。探索の手懸かりになるような、とてもよい話をしてくれたからな。それで何か旨いものでも食ってくれ」

「旦那……ありがとうございます」

お凜は目を潤ませ、頭を何度も下げる。

「いいってことよ。お前さんに揉んでもらって、躰がすっきり楽になったぜ。礼を言うのはこっちだ」

お凜は洟を啜りながら、隼人を上目遣いで見る。

「旦那みたいなお客様は、珍しいです。なんだか……本気で惚れてしまいそう」

「おっと。お凜さんにすっかりモテちまったようですね。憎いですぜ、旦那」

すかさず亀吉が口を挟む。咳払いをする隼人を、お凜は熱く見つめていた。

朝餉は、蚕豆ご飯、山芋と油揚げの味噌汁、岩魚の焼き物、山芋の山葵漬けで、隼人と亀吉は朝から鱈腹食べた。

「ここに泊まってよかったな。飯が旨えや、とにかく」

二人は朝から米粒一つ残さず平らげる。お茶を啜って和んでいるうちに、そろそろ発つ刻限となる。菅笠を被り、手甲と脚絆をつけて用意をしていると、襖を叩く音がした。

「はい、何かご用かな」

隼人が声をかけると、襖が静かに開き、お凜が顔を覗かせた。お凜は隼人を手招きして、紙を渡した。それには、《たきじ、はちおうじのしまかい。あおたそうざえもん、はなさきしゅくなぬし》云々というように、名前と職業が書かれてある。隼人は目を見開いた。

お凜は舌を少し出した。

「ごめんなさい。あちき、仮名しか書けないから、読みにくいかもしれません」

「これは、もしや、田中伝兵衛の仲間の名前か」

「はい。皆にいろいろ聞き込んだり、宿帳を盗み見たりして、摑んで参りました。……旦那、あちきなんかにお優しくしてくださったんで、少しでもお役に立ちたくて」

「お凜さん、凄えぞこれは。心より礼を言う。探索の大きな手懸かりとなるだろう。本当にありがとうな」

隼人はお凜に深々と頭を下げる。その後ろで、亀吉も慌てて頭を下げた。お凜は微笑んだ。

「あちきこそ、旦那のお役に立てて、とっても嬉しいです。あ、田中様が江戸で殺められたことは、誰にも話してませんので安心なさってください」

隼人はお凜の肩に手を置いた。お凜は背伸びをして隼人の耳たぶをそっと嚙み、機嫌よくお尻を振って階段を下りていった。

旅支度を済ませて旅籠を発つ時、糸屋の者たちが出てきて見送ってくれた。その中には、お凜の姿もあった。

「おかげさまで、のんびり寛げた。お凜さんにはよい旅籠を案内してもらった。料理もとても旨くて、ちと食べ過ぎてしまったかもしれん。また是非、寄らせてもらうぞ」

隼人は糸屋の主人に告げ、亀吉とともに歩き出した。

「ありがとうございました」

二人の背に向かい、糸屋の者たちは深々と辞儀をする。

「よい旅籠だったな」

「布団で眠ることができれば、もっとよかったですがね」

話しながら歩を進め、少しいったところで、隼人は振り返った。糸屋の前で、お凜がまだ手を振っている。隼人は手を振り返し、笑顔で叫んだ。

「ありがとう」

「こちらこそ」

お凜も叫び返し、嬉しそうに飛び跳ねた。

二

隼人はその足で、伝兵衛と親しくしていた縞買(しまかい)の多喜次(たきじ)を訪ねてみることにした。お凜にもらった書付に記されていた男だ。

縞買とは、八王子の養蚕、製糸、織物の産業を取り纏(まと)める仲買商のことである。

縞買たちは仲間を結成し、市（いち）の発展に尽力していた。

　縞買たちに訊ねてみると、多喜次はすぐに突き止められた。

　町方同心の突然の訪問に多喜次は驚いたようだった。隼人が、伝兵衛が江戸で殺されたことを告げると、多喜次は目を見開き言葉を失った。

「横山宿で聞いたのだが、お前さんたちは月に一度は必ず、旅籠で酒宴を開いていたそうだな。でも、このところは集まっていなかったようだ。何かあったのかい」

　多喜次は躊躇っていたが、隼人に見据えられて、口を開いた。

「ええ……。実は仲間の一人が亡くなったのです。それも殺されて。一家皆殺しでした」

　今度は隼人が目を見開く。

「それはいつ頃の話だ」

「一月（ひとつき）前頃です」

「その人は八王子に住んでいたのかい」

「いえ、甲斐国の大月です。そこで質屋を営んでいました」

「そういうことがあったのか。では自粛の意味で酒宴を控えていたんだな」

「ええ……それもありますが、その」

多喜次は口ごもる。

「どうした。気になることは何でも話してくれ。さすればありがたい」

「はい。殺された数佐屋重三さんは、どうやら伝兵衛さんを強請っていたらしいのです。二人の間に亀裂が入っていて、それで酒宴はお流れとなっておりました」

隼人は眉根を寄せた。お凜からもらった書付に、かずさやじゅうぞう、という名も記されていたのだ。

「いったいどういう訳で強請っていたというのだろう」

「ええ……私が聞いたところによりますと、伝兵衛さんは花咲宿名主の青田総左衛門さんの骨董品を騙し取ったらしいのです。雪舟の掛け軸だったそうですが、宴に使いたいので貸してくれと言って借り、返す時に偽物にすり替えたというのです。数佐屋さんは質屋ですから、目利きです。青田さんのところを訪ねた折、戻ってきた掛け軸を見て気づいたのでしょう。それをネタに伝兵衛さんを脅していたと……」

「それで険悪になり、集まらなくなっていたんだな。とすると」

隼人と多喜次の目が合う。

「ええ……仲間内では、数佐屋さんを殺ったのは、もしや伝兵衛さんなのではと囁かれておりました。数佐屋さんが襲われた日、伝兵衛さんは八王子にいたようなので、手下を使ったのではないかと。伝兵衛さんを怒らせると怖いので、密かに噂しておりました」

「伝兵衛はどのように怖かったんだ」

「表向きは穏やかで優しげですが、相当強かな人でしたよ。吝嗇で、強欲な面もありましたね。数佐屋さんは殺されて、金子も奪われたのです。一家を殺した鮮やかな手口から、盗賊による仕業と見なされたようですが、伝兵衛さんにはそれぐらいやってのける手下はいましたよ」

「どれぐらい盗まれたのだろう」

「はっきり分かりませんが、百両は下らないでしょう」

「甲州金だよな」

「ええ、そうでしょうね」

甲州金とは、戦国時代に武田氏によって鋳造され、甲斐国で流通している金貨である。

「下手人はまだ捕まっていねえんだな」

「はい。……やはり伝兵衛さんが、数佐屋さんを消したのではないでしょうか。その罰が当たって、今度は伝兵衛さんが殺られたのではないかと。いろいろな人に恨みを持たれていても不思議ではありませんから」

隼人は顎をさすった。

「なるほど、伝兵衛はなかなかの悪党だったようだ。ならば、女の中にも恨んでる者はいただろうな」

多喜次は苦笑した。

「ええ、もちろんいたと思います。伝兵衛さんは女好きで、えげつないところがありましたからね」

「江戸で聞き込んだところによると、お前さんたちの宴では、裸の女を妖し絵に描いていたというではないか。それらの女の中で、後に江戸へ出ていった者がいるだろう。知っていたら教えてくれねえか」

するとと多喜次はぎょっとしたように目を瞬かせ、項垂れた。

「そこまでご存じなのですか。……確かに、そういう遊びはしておりました。まあ、宴の余興のようなものですよ。楽しませてもらいましたが、女たちのことは詳しくは知りませんでした。本当です、知っていたらお教えしますよ。小銭を貯めて江戸へ出ていった者がいるというのは、聞きましたがね。でも、名前も分かりません」

「そうか。仲間の中で、女たちのことを詳しく知っていそうな者はいねえか」

多喜次は首を傾げた。

「女たちは八王子周辺の者が多かったですから、バレるのを恐れてか、己のことを隠していたんですよ。伝兵衛さん以外で詳しく知っていた人というと……ちょっと思いつきませんねえ」

「伝兵衛は、女たちのことは強請ったりしていなかったんだろうか。女たちに手を出していたということはなかったか」

「うーん、どうでしょうねえ。申し上げましたように、伝兵衛さんは女好きでしたからね。陰でそういうことをしていたとしても、なんら不思議はありません。強請りについては、なんとも言えませんね。女たちは貧しいがゆえに妖し絵に描かれたりしたのでしょうから、そういう者を強請っても、どうにもならないとは思いますが」

「うむ。それは尤もだが……」

隼人は口を噤んだ。貧しい女を強請っても、確かに何にもならない。しかし江戸へ出てある程度成功している場合となれば、また話が違ってくる。隼人はまた も顎をさすった。

「願いがある。宴に集まっていた仲間たちを、教えてくれねえか」

「はい。お教えするのは構いません。でも、宴には入れ代わり立ち代わり人が訪れていたので、私も全員のことを知っている訳ではないのです。はっきり知っているのは、数佐屋さんや青田さんも含めて、六人ぐらいで」

「それで十分ありがてえ。よろしく頼む」

多喜次にその者たちを教えてもらい、礼を述べて別れた。

お凜の書付と、多喜次のそれとを見比べ、隼人と亀吉は探索をどう進めるか考えた。

「殺された質屋の数佐屋重三。伝兵衛から掛け軸を騙し取られた花咲宿名主の青田総左衛門。八王子の口中医(歯医者)の尾形杉義。同じく八王子の飛脚屋の今田屋源八。花咲宿の呉服太物問屋の辰巳屋幸右衛門。花咲宿の高利貸しの岩代屋又蔵。……八王子の者がまだ二人いるが、後回しにして、先に大月に行ってみるか。大月で起こった数佐屋殺しが気になるからな」

「そうしやしょう。戻ってくる時に、八王子に再び寄って、口中医と飛脚屋に訊ねてみやしょう」

ちなみに花咲宿は、甲斐国大月宿の隣にある。

そう決めて、隼人と亀吉は甲斐国へ向かって甲州街道を歩き始めた。八王子を抜けると、道は徐々に険しくなってくる。駒木野関所は、小仏関所が天正八年（一五八〇）に移されたものだ。その駒木野関所を通ると、小仏峠へとかけて勾配がいっそう急になる。

「旦那、大丈夫ですかい。息切れしてやすぜ」

「なに、平気だ、これぐらい。これだけ躰を動かせば、今日の夕餉は旨いというものよ」

隼人は手で額の汗を拭って、笑う。

「大月宿に泊まりますか」

「うむ。その一つ先の下花咲宿のほうが賑わっていると聞くから、そちらでもいいかもしれん。旅籠も下花咲のほうが多いようだ。伝兵衛の仲間だった者たちにも、聞き込みしてえからな。まあ、その前に谷村代官所に行って、大月の数佐屋殺しの一件を詳しく聞かなくては」

長い尾根道を、てくてくと歩く。小仏峠は高尾山の近くの小仏城山にあり、その頂からの富士山の眺めは見事なものだ。晴れ渡る青い空の下、富士山は揺るぎなく聳え立っている。二人は手ぬぐいで汗を拭き、しばしその眺めに見惚れた。

「富士山は涼しげなところがよいな。堂々としつつ、清々しい」

「唯一無二の山っすね。近くで見ると、よけいにそう思いやす」

江戸とは一味違う空気を吸いながら、水筒の水を飲む。心と躰が爽やかになったところで、再び歩き始める。

小仏峠を過ぎると、相模国となる。緑が眩しい中を、隼人と亀吉はせっせと進む。八王子までの距離と大差ない。八王子から大月までの距離は、日本橋から八王子を発ったのは四つ（午前十時）頃だったが、大月に辿り着く頃には五つ（午後八時）を過ぎていたので、谷村代官所を訪れるのは明日にして、旅籠を探すことにした。

大月宿には旅籠は二軒しかないが、隣の下花咲宿には二十二軒あるというので、そちらまで足を延ばす。桂川に架かる大月橋を渡ると、下花咲宿だ。このまた隣の上花咲宿との間に見事な桜の古木があり、春には壮観な眺めになることから、この宿場名がつけられたという。

軒行灯の灯る宿場をうろつき、隼人と亀吉は〈ほたる屋〉に泊まることにした。ほたる屋は、色を売りにした飯盛女を置いていないようだったからだ。疲れている時には、そういう宿のほうが落ち着ける。

玄関で足を濯いでもらい、部屋へ通されて仲居が下がると、二人は寝転がった。

「夕餉が来るまで、一眠りするか」

そんなことを呟きながら、二人はすぐに寝息を立て始める。だが四半刻の後には、仲居が夕餉を持って現れた。

「甲州名物の、ほうとう鍋でございます。ごゆっくりお楽しみください」

目を擦りながら鍋を覗き、隼人と亀吉は笑みを浮かべる。南瓜と味噌が溶け合った、コクのある甘やかな匂いが堪らない。ほうとう麺、南瓜のほかには、分葱、牛蒡、椎茸、油揚げ、猪肉がたっぷり入っている。七味唐辛子を置いて仲居が下がると、二人は勢いよく頬張り始めた。

「この麺、もちもちして、南瓜が溶けた汁と絡んで、旨えなあ。同じ平べったい麺でも、きしめんよりコシは弱いと思うが、そこがまたよい。胃ノ腑に優しいぜ」

「七味唐辛子をかけてもいけますぜ、旦那。コクのある甘い汁が、いっそう引き立てられやす。どの具材もいいですが、猪肉は最高ですぜ。口の中で蕩けやすよ」

「猪肉は味噌と合うからな。牛蒡が臭みを消しているし、軟らかくて絶品だ」

「この汁を啜ると、躰に沁み渡って、疲れが取れていくようですわ」

「甲州まで来た甲斐があったな。これが食えてよ」

「まったくですぜ」

二人はひたすら味わい、鍋はみるみる空になっていく。汁一滴も残さず平らげ、隼人と亀吉は膨れたお腹をさすった。

「これで明日の探索も張り切れるぞ」

男二人、頷き合う。満足しつつ、隼人はふと里緒のことを思い出した。

——ほうとう鍋は確かに旨かったが、雪月花の女将が作ってくれた、山芋の揚げ焼きも絶品だったな。女将、元気にしているだろうか。

隼人は急に雪月花が恋しくなった。この宿も八王子で泊まった旅籠も小綺麗で
よいのだが、雪月花はどこか違うのだ。それは明るさなのではないかと、隼人は気づいた。

——行灯や蠟燭の数は、どの旅籠も同じぐらいだろう。だが雪月花は、一段と

明るく感じる。明るくて、和やかで、温かなんだ。そういう旅籠ってのは、あるようで、なかなかねえんじゃねえかな。……女将の心がけがよいからだろうか。

里緒の優しい笑顔が浮かんで、隼人の心は安らいだ。

その後、隼人と亀吉は一風呂浴びて、布団に潜ってぐっすり眠った。


その頃、里緒は自分の部屋で名刺を作っていた。明日発つお客たちに、雪月花弁当と一緒に渡すためだ。名前や在所を記すだけでなく、『お越しくださってまことにありがとうございました』と一言添える。

――この名刺が探索のきっかけになったなんて、不思議なような気がするわ。酷い雨だったけれど、お弁当の竹籠の中に仕舞われていたから無事だったのよね。伝兵衛さんは、恐らく風呂敷を二重にして、しっかりと結んでいらしたのでしょう。

推測しつつ、里緒も隼人を思い出した。八王子へ向かったということも知っている。

――探索は進んでいらっしゃるかしら。同心のお仕事ってたいへんなのでしょうが、なにやら面白そうね。お戻りになったら、お話を聞かせていただきたいわ。

里緒は、隼人というよりは、下手人を探し出す同心の仕事に興味があるのだ。

名刺を書き終えて一息つき、里緒は雨戸を閉じようと障子を開けた。夜空には、山吹(やまぶき)色の丸い月が浮かんでいる。月には兎が棲(す)んでいるというが、穏やかな明かりを見ていると、自分の二親も今は月で暮らしているのではないかと思えてくる。

——お父さん、お母さん、いつまでも仲よくいてね。

里緒は月に向かって、そっと手を合わせた。


隼人と亀吉は熟睡したかいもあって、翌朝の目覚めはよかった。元気に旅籠を発って、谷村代官所へと向かう。都留(つる)郡は石和(いさわ)代官所が支配しているが、この辺りに置かれているのは谷村代官所だからだ。谷村代官所は石和代官所の支所となり、規模は小さかった。

代官所の役人に訊ねると、役人は数佐屋事件の記録を隼人に見せてくれた。およそ一月前、弥生(やよい)の初めに起きていた。

「数佐屋の主人と内儀、番頭と女中たちの計五人が毒殺されたというのだな。盗まれた金子は三百両ほどと思われる、と」

「はい。はっきりと分からないのですが、それぐらいだと思われます。その時、使いで大月宿に行っていた手代は助かったのですが、その者が言うに、家の中にそれぐらいの金子はあったそうです。それがすべて無くなっていたといいますから」

「三百両か……。それを持って逃げたということか。関所にはすぐに連絡したのだな。駒木野のほうにも」

「あ……いえ、盗まれたのが甲州金だったので、てっきり甲斐国内に逃亡したとばかり。それゆえ八王子へと抜ける駒木野関所のほうには通達しませんでした。それに、数佐屋さんの遺体が発見されたのは、翌日だったのです。だから、いずれにせよ、事件が発覚した時には、既にどこかに逃げてしまっていたのではないかと……」

頼りなさそうな役人に、隼人は苦々しい顔をした。

「それでも、駒木野のほうも調べてみるべきだったな。そちらを通って八王子のほうへ逃げちまったとも考えられただろう。奪ったのが甲州金でも、内藤新宿の両替屋で両替してもらえば、江戸でだって使える」

「ああ、言われてみれば。……申し訳ありません、こちらの失態でございます」

役人は隼人に頭を下げる。隼人は溜息をついた。ちなみに内藤新宿には、甲州金の両替ができる両替屋があった。甲州金十両が、小判十両一分と高く引き換えられた。

「まあ、仕方がない。こちらで調べてみよう。……では、数佐屋と横山宿名主の田中伝兵衛との仲も、摑んではいないな」

「あ、はい。すみません。助かった手代が、数佐屋の主人は八王子の偉い人と仲がよかったなどと言っておりましたが、その人の名前などは知らなかったのです。名主の田中さんと仰るのですね」

役人は額に浮かぶ冷や汗を、頻りに手ぬぐいで拭っている。

「うむ。その田中伝兵衛が江戸で殺されたので、ここまで探索に訪れたんだ。伝兵衛の交友関係を辿ってな」

「そ、そうだったのですか。田中さんも殺されてしまったと……」

「うむ。数佐屋の主人は、伝兵衛が手下の者に殺らせたのではないかという疑いがあるのだ。毒殺というが、どうやって殺めたのだろう。飲み物あるいは食べ物に忍ばせたのだろうか」

「はい。殺された者たちは、饅頭か何かを食べた形跡はありました。しかし、下手人がすべて回収して、食べ残しなどは綺麗に片付けられていました」

「なるほど……油断させて、食べさせたのだな」

隼人は顎をさする。隼人は役人に礼を言って、亀吉と一緒に代官所を後にした。

二人は、もう仕舞屋になっている数佐屋を確認して、その周りにも聞き込みをした。近所の饂飩屋の女房に訊ねてみる。

「数佐屋の者たちが殺された日、何か異変は感じなかったか」

「特に感じませんでした。悲鳴などは聞こえませんでしたし。だから次の日、殺められたと知って吃驚したんですよ」

「下手人らしき者の気配も、まったく感じなかったか」

「はい、まったく。毒を飲んだという話でしたから、もしや皆さんで心中なさったのかしらと、初めは思ったのです。それほど殺しの気配が感じられなくて……よけいに怖いですね」

女房は肩を竦める。

隼人と亀吉はその店で、昼餉を食べることにした。山菜饂飩に舌鼓を打つ。蕨や薇、タラの芽や蕗の薹などの山菜が、摺り下ろした山芋とともに、たっぷり饂飩に載っていた。

「これはなんとも爽やかな味わいだ」

「この味には、ほうとうの麺ではなく、やはり餛飩が合いやすね。コシがあって、これまた旨くて堪(たま)りませんや」

二人はぺろりと平らげ、満足して店を出た。近くの煙草(たばこ)屋や小間物(こまもの)屋にもあたってみたが、数佐屋一家の殺しに気づいた者は誰もいないようだった。

「下手人は手練(てだ)れた者だな。実に速やかに殺して金を奪い、立ち去っている」

「どうやって毒入り饅頭を食べさせたんでしょうかね」

「伝兵衛が手下に殺らせたとするならば、こうじゃねえかな。手下に示談金を持たせて、数佐屋へ向かわせる。掛け軸を偽物とすり替えたことの口止め料だ。それなりの額の示談金を見せられて、数佐屋の主人は満足する。手下は巧いことを並べ立てて主人をすっかり油断させ、これからもよろしくなどと言いながら、手土産を渡す。八王子名物の饅頭だ。饅頭は丁寧に包装されていて、いかにも旨そうだ。手下は、皆様で是非お召し上がりください、などと唆(そそのか)し、食べさせる。示談金を受け取り気分がよくなっていた主人は、その手下をすっかり信用してしまい、言われるがまま皆で食べてしまう。あまりに丁寧に包まれていたので、まさか毒が入っているなどと思わなかったのだな。そして……惨劇となった、と」

「手下はその後、金を盗んで、逃げちまったという訳ですね。示談金を奪い返すことも忘れずに」

「うむ。そういったところだろう。帰りに駒木野関所を通る時、数佐屋が殺された日に回収した関所手形を見せてもらおう。伝兵衛の手下なら、必ずあそこを通って逃げているはずだ」

「そうですね、急ぎやしょう」

「うむ。急がねばならねえが、その前に、伝兵衛の仲間だったという者たちを訪ねて、少し話を聞いてみるか」

二人は先に、呉服太物問屋の辰巳屋幸右衛門に会いにいった。〈辰巳屋〉は賑わっている下花咲宿の入口近くにある。隼人が伝兵衛の死を告げると、幸右衛門は驚いた様子だった。

「江戸でそのような目に遭うとは……伝兵衛さんもお気の毒です」

幸右衛門は深い溜息をつき、顔を曇らせる。隼人は幸右衛門を見据えた。

「お前さんたちは仲間だったというが、近頃は集まっていなかったそうだな。伝兵衛と数佐屋重三が揉めていたことは、知っていたか」

「はい。なんで揉めていたかはよく分かりませんが、とにかくあの二人の仲が悪くなり、暫くは皆で集まることもなかったのです。でも……二十日ほど前に八王子に行った時、偶然、伝兵衛さんと会ったのですが、やけに機嫌がよくて、このようなことを仰ってました。少しお休みしていましたが、また面白い宴を開きたいと思っているんですよ、などと。いろいろ計画していたようです」

「どんなことを考えているか、詳しくは言わなかったのか」

「はい、詳しいことは何も。……まあ、伝兵衛さんのことですから、また女たちを集めて、何か淫らな催しをしようと思っていたのかもしれませんね」

幸右衛門は苦い笑みを浮かべる。

「ところで、お前さんたちが開いていた宴で、妖し絵に描かれた女たちがいるだろう。その中で、江戸へ出ていった者を知っているか」

「ええ。何人かは江戸へ行ったという話は聞きましたが、その後のことなど、詳しくは知りません。お役に立てず申し訳ありません」

隼人は礼を言って、亀吉とともに、辰巳屋を後にした。次は、そこからほど遠くない、金貸しの岩代屋又蔵を訪ねてみた。伝兵衛の死を聞いて、又蔵も酷く驚いた。

「お元気でしたのにねえ。まあ、阿漕(あこぎ)なことをなさってたから、恨みを買ってしまったのかもしれませんねえ」

隼人は又蔵にも、江戸へ出た女たちについて、訊ねてみた。

「私が聞いたことがあるのは、大店のお内儀になった女の話と、岡場所の遊女になった女の話でしょうか。名前などは詳しく知りませんがね。あと、内藤新宿の飯盛女になったという女の話も耳にしましたね」

「内藤新宿の、なんという旅籠か知っているか」

「ちょっと分かりませんねえ。すみません」

又蔵は大きな顎をさすりながら、頭を下げる。伝兵衛が、青田総左衛門から掛け軸を騙し盗ったことで数佐屋と揉めていたことは、又蔵は知っていた。隼人は率直に訊ねた。

「掛け軸を奪われた青田さんは、今、手元にある掛け軸が偽物だと知っているのだろうか」

「多分……気づいていないと思いますよ。気づいていたら、大騒ぎするでしょう。まあ、知らぬが仏ともいいますがね。でも、伝兵衛さんが亡くなったのなら、取り返せるのではないでしょうか。お役人様、どうにかして差し上げれば」

「うむ。まあ、考えておる。……青田さんは本陣におられるのかな」

「はい。いらっしゃいますよ」

又蔵に本陣の場所を教えてもらい、隼人たちは次にそこへと向かった。薄曇りの空の下を歩いていくと、立派な趣の建物が目に入り、すぐに本陣だと分かった。

江戸の町方同心の突然の訪問に、青田総左衛門は驚きつつも、丁寧に迎え入れた。隼人が伝兵衛の死と事件の経緯を話すと、総左衛門は目を見開いた。

隼人は総左衛門を見据えた。

「そなたは、掛け軸が偽物にすり替わっていたと、まったく気づきませんでしたか」

「は、はい。お恥ずかしいことに……まったく。今の今まで、気づいておりませんでした。まさか、伝兵衛さんがそのようなことを」

総左衛門は唇を嚙み締める。

「ちゃんと目利きができる人に、一度、よく確かめてもらうとよいでしょう。偽物だとはっきり分かりましたら、伝兵衛が隠し持っていた本物をお返しできるよう、取り計らいますので。関東郡代に申し渡します」

八王子を取り仕切っているのは関東郡代になる。総左衛門は、深々と頭を下げた。

「何卒お願いいたします。たいへん高価なものだったのです。教えていただいて救われました。……でも、なんだか悔しいです。伝兵衛さんは私から騙し盗って、陰で私のことを莫迦にして嘲笑っていたのでしょうね。気づかなかった私は、確かに愚かですが」

総左衛門は、膝の上で拳を握る。隼人は穏やかな声で告げた。

「伝兵衛はそういう者だから、酷い目に遭ったのですよ。これからはお付き合いする人を、お選びになったほうがよいでしょう」

「……まことに。そのような者とつるんで遊んでいた私が莫迦でした。よい教訓になりましたよ」

項垂れつつ、総左衛門は自嘲の笑みを浮かべた。

隼人は総左衛門に掛け軸の件を約束し、亀吉とともに本陣を後にした。

大月での聞き込みはこれで終了となり、二人は甲州を離れ、戻ることにした。

小仏峠を再び越え、駒木野関所で、隼人は役人に頼んで、関所手形を確認させてもらった。数佐屋殺しがあった日のものだ。すると、横山宿名主田中伝兵衛の許可を得た関所手形を見つけた。その手形を持っていたのは、唐木三四郎なる者だった。

「浪人者だろうか」

「伝兵衛の用心棒を務めていたのかもしれやせんぜ」

二人は唐木の住処を書き留め、急いで八王子へと戻った。

八王子へ着いた時にはすっかり暮れていたが、隼人と亀吉はどうしても気懸かりで、唐木三四郎を訪ねることにした。だが、一里塚からほど遠くない小屋のような家は、もぬけの殻だった。

隼人と亀吉は顔を見合わせ、溜息をついた。

「とっくに逃げちまったって訳だな」

「伝兵衛が金を持たせて追い払っちまったんでしょうね。証拠の隠滅だ」

二人は疲れ切った躰で、横山宿の旅籠に泊まった。お凜の顔を見たいとも思ったが、元気が残っていないので、手頃な宿を探して入った。

夕餉では、とろろ月見蕎麦を出された。二人は蕎麦をお代わりして鱈腹食べ、風呂から出ると忽ち高鼾で眠ってしまった。

夜が明けてもなかなか目覚めず、朝餉を食べ損ねたので、弁当にして持たせてもらった。心遣いに礼を述べ、旅籠を後にする。

「さて、八王子の伝兵衛仲間にも当たってみるか。口中医の尾形杉義と、飛脚屋の今田屋源八。ともに隣の八日市宿に住んでいるようだ」

よく晴れた空の下、二人は汗ばみながら歩を進め、まずは尾形を訪ねてみたものの留守だった。尾形の世話を焼いている端女曰く、

「先生はお腰の具合が悪くて、熱海のほうへ湯治にいってらっしゃいますよ。もう二、三日したらお帰りになると思いますがね」

とのことで、仕方があるまいと二人は立ち去った。その足で、今度は今田屋に向かう。そこの主人である源八は、威勢よく店を仕切っていた。突然訪ねてきた隼人と亀吉に動ずることもなく、中へ通した。

隼人が伝兵衛と事件について話すと、源八は瞬きもせずに黙って聞き、大きく頷いた。

「田中様、とうとう殺られちまいましたか。いつかそんな日がくるんじゃないかって、薄々思っていたんですよ。これで我々、遊び仲間も解散ですね」

「寂しいかい」

「いいえ。正直、ほっとしました。いつまでもあの人に付き合って、くだらないことをしているというのもね。あっしには孫だっているのですから」

額を撫でる源八に、隼人は笑みを浮かべた。

「よいきっかけになったかもしれねえな」

「はい。悪い遊びはやめますよ。……まあ、これからも時には羽目（はめ）を外すことはあるかもしれませんが」

「うむ。悪い遊びではなく、よい遊びをすればいいんだ」

隼人の横で亀吉が、くっと笑う。源八は苦笑した。

「旦那の仰るとおりで。……実はつい半月ほど前、横山宿の料理屋で、田中様に偶然会ったんですよ。その時は酔っていらして、機嫌よくこんなことを言っていたんです。昔の女たちにまた集まってもらおうと思っている、また一働きしてもらって、愉しませてもらおうと思っているんだよ、と。田中様は何かよからぬことを企（たくら）んでいるようで、嫌な予感がしたのです、その時」

「なるほど。……お前さんは、その女たちの中で、江戸へ出ていった者を知らねえか」

「ええ。噂はいろいろと聞くのですが、私がはっきり知っているのは、内藤新宿の飯盛女になったお紺（こん）という者です」

「そのお紺がいるのは、何という名の旅籠か知っているか」

「はい、〈しずく屋〉です。大木戸に近くて、結構大きな旅籠ですよ。江戸へ出る時は、いつもそこへ泊まっているのでね」

「教えてくれて礼を言う。仕事中に手間を取らせたな」

「いえ、とんでもありません。お紺は気さくな女なので、お帰りの際、もし内藤新宿に寄られるのでしたら、しずく屋にいらしてみては如何でしょう。お紺から何か聞き出せるかもしれません」

隼人と亀吉は源八に繰り返し礼を言い、今田屋を後にした。

陽の眩しさに、二人は目を細める。聞き込みを終え、二人は八王子を出て、江戸へと向かった。

「八丁堀へ着くのは夜中になっちまいそうですぜ、旦那。やはり内藤新宿で泊まりやすか」

「うむ。八丁堀へ戻るのは明日でいいだろう。どうせ両替商に話を聞くために内藤新宿へ寄るのだから、そこで一泊しよう。旅籠はしずく屋だ。お紺とも話をしてえしな」

緑が広がる中、二人は歩を進める。雲は流れ、鳥のさえずりが聞こえ、陽が降り注いでいた。

内藤新宿に着いた頃には日が暮れ、両替屋も終(しま)っている時分だった。甲州金の両替を扱っている両替屋は二軒ある。〈久利屋〉と〈伊勢屋〉だ。だが、伊勢屋のほうは、どうやら建て替えをしているようだ。不思議に思って往来を行く者に訊ねてみると、伊勢屋は小火を出したらしく、修復のついでに建て替えていて、今月朔日から休業しているとのことだった。

伊勢屋を眺めて、亀吉は腕を組んだ。

「伝兵衛が数佐屋の金を盗んですぐに両替したとしたら、久利屋と伊勢屋のどちらの可能性もありやすが、両替したのが今月になってからなら久利屋ですよね、間違いなく」

「うむ。明日、久利屋をあたって、帳簿を見せてもらおう。……俺は、両替したのは最近じゃねえかと思うんだ。恐らく、伝兵衛は両替の件で江戸へ来て、その結果、ああいうことになったんじゃねえかな」

隼人と亀吉は顔を見合わせる。亀吉は口をへの字にした。

「ってことは、両替をしに江戸へやって来て、そのついでに女たちに会っていたということですかい」

「そういうことになるな」

隼人は考えを巡らせながら、夜の内藤新宿を歩く。旅籠の客引きが多くいて、しつこく声をかけてくる。それらを断り、しずく屋を見つけてそこに入った。

玄関で足を濯いでもらいながら、隼人は女将に告げた。

「夕餉の後で、お紺さんを呼んでくれねえか」

「かしこまりました。お伝えしておきます」

やけに艶めかしい大年増の女将に案内され、隼人と亀吉は部屋へ入って一息ついた。

居眠りする間もなく、夕餉が運ばれてくる。蛸と若布の素麺だ。酢と醤油と胡麻油で和えられた蛸と若布が、素麺に絡まっている。一口頰張り、隼人と亀吉は目を細めた。

「さっぱりと爽やかな味でありながらも、胡麻油がなんとも利いているぜ」

「こんなに旨いもんばかり食えるなら、どこまでも探索にいきやすよ。何千里でも歩きやす」

行灯が仄かに灯る旅籠の部屋に、素麺を啜る音が響く。蛸と若布と素麺の調べは最高で、二人は今宵もお代わりをする。それを明日への活力にして。

仲居が夕餉を下げにきてほどなく、お紺が訪れた。ふっくらと肉づきがよく、ゆで卵のような顔をした、愛想のよい女だ。お紺は、隼人と亀吉の前で三つ指をついた。

「ご指名、ありがとうございます。よろしくお願いいたします」

お紺は笑みを浮かべ、隼人と亀吉を交互に見た。隼人はお茶を啜りつつ、早速切り出した。

「うむ。実はな、お前さんに訊きたいことがあって、呼んだのだ」

「あら、どのようなことでしょう」

「田中伝兵衛のことなのだが」

するとお紺は真顔になった。

「伝兵衛さんのことをご存じなのですか」

「うむ。江戸で殺されたのだ。それで探っているところだ」

隼人が朱房の十手を見せると、お紺は両手で口を押さえて、目を瞬かせた。隼人は声を少し和らげた。

「思い出したくないかもしれねえが、話せることだけでも話してほしい。伝兵衛が八王子で開いていた妖しい宴に、お前さんも出ていたんだよな。妖し絵に描かれたりしたのかい」

お紺は衿元を直しながら、溜息をついた。

「はい……そんなこともありました。わたしの家は貧しかったので、仕方なかったんです。お父っつあんは呑んだくれで、ろくに働きもしなかったし。伝兵衛さんは、そういう貧しい家の娘に目をつけては、引きずり込んでいたんですよ」

「呑むかい」

隼人はお紺に盃を渡し、酒を注ぐ。お紺は一息に呑み、手で唇を拭った。

「そうなんですか……殺されてしまったんですね、伝兵衛さん。誰が殺ったのでしょうね」

「それはまだ分からねえが、恨みを抱いていた者は多いようだな」

お紺は潤んだ目で、隼人を見た。

「あの人、たまに江戸へ来ていたんです。江戸へ来る時は、いつもこの宿を使って……私を買っていました。そして時折、訊ねてきました、妖し絵に描かれた女たちの行方を。江戸に出てきた者たちはどこで何をしているんだろうね、知らないかい、などと。あの人、女たちの行方を密かに探っていたのだと思います」

お紺は声を微かに震わせる。隼人は顔を顰めた。

「まったく卑劣な男だな。……伝兵衛は、女たちにそっくりの妖し絵を描かせていたというな」

「そうですよ。あいつは、そういう奴なのです。恐らく、その妖し絵を手下たちにも持たせて、女たちを探していたのかもしれません。わたしみたいな女を強請っても何にもなりませんが、万が一にも、いいところの奥様になっているような女なら、強請り甲斐がありますものね」

隼人が注ぐ酒を、お紺は勢いよく呑み干す。

「悪いことを思い出させちまったな。すまんな。……でも、話が聞けてありがたかったぜ。お紺さん、心から礼を言う」

お紺は隼人をじっと見つめた。その目から涙がこぼれる。しゃくりあげながら、お紺は畳に突っ伏した。その震える背を、隼人はさすった。

「伝兵衛はもういねえんだ。お紺さん、好きなだけ泣くがいいさ。そして綺麗さっぱり、忘れちまうんだ。忘れちまうってことも大切なんだぜ」

お紺は洟を啜りながら、涙に濡れた顔を上げた。

「……呑ませてくれますか、忘れるためにも」

「もちろん。好きなだけ呑みな」

隼人はお紺に微笑んだ。

翌日の朝、隼人と亀吉が目覚めると、お紺が傍らにいた。お紺は、畳に頭を擦りつけて謝った。

「申し訳ありませんでした。お呼びくださったのに、わたしときたら、酔い潰れて眠り込んでしまいました」

隼人は目を擦りつつ、どこかで見たことがあるなあと思いながら、気づく。横山宿のお凜もこうだった。

「いいってことよ、こちらもそれが目的ではなかったのだからな。どうだい、思い切り泣いて、鱈腹呑んで、さっぱりしたかい」

「あ、はい。……あれほど呑んでしまって、本当に申し訳ございませんでした。おかげで気分は晴れましたが、身が竦む思いです」

お紺は再び平伏し、肩を微かに震わせる。隼人は笑った。

「気分が晴れたのなら、よかったぜ。お紺さん、顔を上げてくれ。謝るのはこっちのほうだ。お前さんを泣かせちまって、すまなかった。……だが、話を聞かせてもらったおかげで、探索が進みそうだ。礼を言うぜ。ありがとうよ」

お紺は頷き、隼人を真っすぐ見た。

「わたしでよければ、なんでもお力添えします。何かお訊きになりたい時は、いつでもまたお立ち寄りください。八丁堀は遠いけれど……お待ちしております」

丁寧に礼をするお紺を、隼人は優しい目で見つめ返した。心付けを渡すと、お紺も、横山宿のお凜と同じく躊躇った。だが隼人は、お紺の懐に挟んでしまった。

「何かの折には、またよろしくな。頼むぜ」

お紺は目を潤ませ、はいと素直に頷いた。

お紺が下がると、仲居が朝餉を運んできた。

楽しみにしていた朝餉は、じゃがたら芋の煮ころがし、じゃがたら芋と豆腐と若布の味噌汁、ご飯、蕗の漬物だ。ご飯を頬張り、味噌汁を啜り、煮ころがしを嚙み締め、二人は唸った。

「旨い。このコクのあるタレがじゃがたら芋に絡んで、震えるほどの旨さだ」

「じゃがたら芋って初めて食ったような気がしやすが、これほどの味わいなんすね。絶品です。飯がいくらでも食えやす」

むしゃむしゃと煮ころがしを頬張る二人を眺め、仲居は微笑んだ。

「甲斐のほうでじゃがたら芋作りが盛んですので、あちらから入ってくるんですよ」

「そうなのか。でも甲斐ではお目にかからなかったな」

「ここで食えてよかったでやすね」

隼人と亀吉は、じゃがたら芋のおかげで朝から食欲が止まらない。酒と味醂と醬油を芳ばしく絡めた煮ころがしは、二人の心を摑んでしまったようだった。

旅籠を出る時、見送りにきたお紺が、隼人に包みを手渡し、耳元でそっと囁いた。

「心ばかりのもので、ごめんなさい。唐辛子煎餅です。お召し上がりください。たっぷり呑ませてくださって、ゆっくり休ませてくださった、お礼です」

「おっ、これは旨そうだ。ありがたくいただくぜ」

隼人は笑みを浮かべ、お紺の肩にそっと手を載せた。

皆に見送られ、隼人と亀吉はしずく屋を後にした。その足で、早速、両替屋の久利屋へ向かう。曇り空だが、雨になる気配はなかった。

久利屋へ着くと、隼人は朱房の十手を見せて、主人に頼んだ。

「すまねえが、ここ一月の内に、百両以上の甲州金の両替にきた者はいねえか、調べてもらえねえだろうか」

「あ、はい。かしこまりました。……どうぞお上がりください」

主人は隼人と亀吉を、丁寧に中に通した。端女にお茶まで出され、二人は恐(きょう)

縮(しゅく)する。

「すまんな、商い中というのに突然押しかけちまって」

隼人は主人に頭を下げる。主人は帳簿を片手に、柔和(にゅうわ)な笑みを浮かべた。

「いえいえ、お役人様にお力添えできて、光栄でございます。……そうですね、最近ですと、今月三日、四日、五日に、それぞれ百両ずつ両替されているお客様がいらっしゃいました」

隼人は身を乗り出した。

「つまり、三日間で三百両を両替したってことだな」

「さようでございます」

「それは同一の者が両替したんだろうか」

主人は帳簿を眺め、首を傾げた。

「いえ。三人の方が、それぞれ百両ずつを替えていらっしゃいますね」

「すまん。その帳簿を見せてはもらえんか」

「はい、結構ですよ」

主人は快く帳簿を隼人に渡す。隼人と亀吉は、帳簿を食い入るように眺めた。

両替をした者の名前と住処が書かれている。

「両替に訪れたのは、すべて女性のようだな。三人の女か……」

名前と住処は出鱈目だろうが、一応、控えておく。女たちが訪れた時、主人も店に出ていたそうだが、実際に両替を受け持ったのは番頭だったとのことで、その番頭にも話を聞いてみた。番頭は細かいことは覚えていないようだったが、女たちは三人とも二十代半ばぐらいで、揃って頭巾を被っていたと教えてくれた。四日に訪れた女は、店を終う間際に駆け込んできて、慌ただしく出ていったということだった。

隼人は帳簿を主人に返し、頭を下げた。

「力添えに礼を言う。ありがたい」

「こちらこそお力になれまして、とても嬉しく思います。……どうぞお顔をお上げくださいまし。お役人様にそのように頭を下げられては、こちらこそ申し訳が立ちません」

「かたじけねえ」

久利屋のおかげで、隼人は重要な手懸かりを摑んだように思えた。八丁堀へと帰る道すがら、お紺からもらった唐辛子煎餅を齧りつつ、この探索の旅で知り得たことをもとに、隼人と亀吉は推測を語り合った。

「つまりは、こういうことだろうか。伝兵衛は、数佐屋を殺して盗み取った甲州金三百両を持って江戸へ来ていた。大金ゆえ、すべてを自分で両替すると怪しまれ、足がついてしまうかもしれねえ。それを危ぶんだ伝兵衛は、盗んだ金をほかの者に百両ずつ両替させせようと思ったんだ」

「それを頼んだのが、例の三人の女ってことですかい」

「うむ。恐らくあの三人は、何年か前に、伝兵衛が八王子で開いていた宴で、妖し絵に描かれた女たちなんだ。伝兵衛はその妖し絵をネタに、女たちを脅かして集めたのだろう。『この絵に描かれた女は、お前にそっくりだ。乳房にある黒子など、躰の特徴もはっきりと描かれている。これを世間様に晒したら、お前の今の暮らしは台無しになるだろう』などと言ってな。そして頼んだのだ。『お前の来し方をばらされたくなければ、力添えしてくれ』とな」

「弱みを握られていた三人の女は、渋々、言われたとおりにしなければならなくなったという訳ですか。百両ずつ両替して、伝兵衛に渡したんですね」

「そうだろう。伝兵衛はそれを持って八王子に帰ろうとしたところ、殺られたんだ」

「とすれば、やはり、三人の女の内の誰かが怪しいってことっすよね」

「うむ。両替だけでなく……伝兵衛は、女たちに再び妖し絵のような、危ねえ仕事をさせたかったんだろうよ。だからわざわざ三人を集めて、両替を頼んだのかもしれねえ」

「両替をさせるだけなら、手下にやらせればいいですもんね。でも、まあ、手下にやらせると、足がつきやすいか。それに比べて、三人の女たちなら、足がつきにくいっすよね。一見、何の繋がりもありやせんし」

「そうなんだ。女たちが訴えねえ限り自分は無事であろうと、伝兵衛は考えたんだ。悪知恵の働く伝兵衛は、女たちに釘を刺していただろうよ。『もし私を訴え出たりすれば、私の手下たちによって、お前さんの妖し絵がばらまかれますよ。その足形を添えて、お前さんの亭主のところにも送られますよ』などと言ってな。そのようにして伝兵衛は、女たちを操ったのではなかろうか。妖し絵をネタに、再び淫らな仕事をするよう脅かされたりしたら、女たちの恨みも倍増だろう。せっかく穏やかに暮らしているところに、そんな波風を立てられたりしたらな」

「恨んじまいますよね。あるいは伝兵衛の奴、女たちを強請ったりはしていやせんでしたかね。妖し絵をネタに、両替させて、いかがわしい仕事をさせようとして、かつ強請ろうとまでしたら、殺意を抱かれて当然のように思いやすが」

「強請ってもいただろうな。とすると、気の毒だが、下手人はその三人の内の誰かってことになるな、やはり」

「女をすべて突き止めたいですね。久利屋の帳簿に書いた名前と住処をあたってみやすか。正直に書いてはいないと思いやすが」

「一応あたってみよう」

二人は書かれたことを頼りに、神田、深川、京橋と足を延ばしてみたが、やはり住処と名前は出鱈目だった。

「どうにかして三人を見つけ出せねえものか」

そう呟きながらも、隼人の心は複雑だった。隼人たちの推測が間違っていなければ、下手人は、伝兵衛が持っていたと思しき両替した三百両も奪っていったということになる。伝兵衛の残された荷物には、三百両など見当たらなかったからだ。

——腹いせで、金も奪って逃げちまったってとこか。いかに伝兵衛が悪い奴で、その犠牲になったといっても、殺しと盗みを重ねちまったら、温情はもらえんだろうな。……死罪は免れねえ。

隼人は溜息をつき、星の瞬く夜空を眺めた。

三

隼人が雪月花をふらりと訪れると、里緒は優しい笑顔で迎えてくれた。

「お帰りなさいませ。お疲れさまでした」

百合（ゆり）の花のように楚々とした美しい里緒を眺め、隼人は思わず眦（まなじり）を下げる。

隼人は包みを差し出した。

「内藤新宿の唐辛子だ。こんなものですまねえが、受け取ってくれると嬉しく思う」

内藤新宿を出る前、こっそり買っておいたのだ。里緒はぱっと顔を明るくさせた。

「まあ、お土産をいただけるなんて、嬉しいですわ。内藤新宿の唐辛子、とても美味しいですもの。山川様、お心遣い、本当にありがとうございます」

里緒は三つ指をつき、深々と頭を下げる。隼人は眉を掻いた。

「その山川様というのは、どうもかしこまり過ぎていてよくねえな。隼人と呼んでくれると嬉しいんだが」

二人の目が合い、里緒は含羞んだ。

「はい。では、隼人様、ありがとうございます」

「受け取ってもらえて、こちらこそありがとよ、里緒さん」

玄関先で笑い声を立てていると、お竹がやってきて口を挟んだ。

「何もこんなところでお話ししてなくても。旦那、どうぞお上がりくださいまし。女将も喜びますのでね」

「まあ」

からかうような口ぶりのお竹を、里緒は軽く睨んだ。

里緒は隼人を、自分の部屋へと通した。帳場では吾平が熱心に算盤を弾いているし、広間ではお栄とお初が遅めの昼餉を食べているからだ。

隼人が腰を下ろすと、お竹がお茶を運んできた。

「すまねえな。時間を選んで来ればよかったぜ。午刻だってのによ」

恐縮する隼人に、里緒とお竹は微笑んだ。

「ご遠慮なく。いつでもお好きな時にいらしてください」

「うちのほうとしましても、町方のお役人様に目をかけていただいていると頼もしいんですよ。今後ともよろしくお願いしますね、旦那」

「いや、こちらこそよろしく」

隼人は照れながらお茶を啜って、熱いっ、と舌を出す。里緒は笑いを嚙み殺しながら、隼人のふくよかな顔を見つめた。

「隼人様、昼餉はもうお済みになりましたか」

「あ、いや、まだだが」

「では、うちでお出しします。ちょっとお待ちくださいね」

里緒は立ち上がり、隼人の答えも聞かずに、さっさと部屋を出ていってしまう。隼人は慌てた。

「あ、あの……そんな、悪いではないか」

お竹はくすっと笑う。

「いいんですよ、旦那。女将は旦那に食べさせたくて仕方がないんです。旦那をもっと太らせてやりたいんですよ、きっと」

「いやあ、参ったぜ」

隼人は照れ笑いで、頭を搔いた。

少し経って、里緒は昼餉を持って戻ってきた。

「どうぞ」

目の前に置かれた丼を見て、隼人は喉を鳴らした。食欲を誘う、コクのある甘やかな匂いが漂っている。見た目も、黄色、緑色、赤色が混ざり合って、彩り豊かだ。

「これは旨そうだなあ。あ、もしやこの唐辛子、さっき渡したのを使ってくれたのか」

「はい、そうです。使わせていただきました。卵と野蒜と唐辛子の混ぜご飯です。召し上がれ」

「では早速」

里緒に微笑まれ、隼人は胸の前で手を合わせ、箸を伸ばす。一口頬張り、嚙み締め、目を瞬かせた。

「旨い。思った以上に、よい味だ。卵の甘味のある穏やかな味わいが、野蒜の癖のある味と、唐辛子の辛さを和らげて、三つがうまく混ざり合っている。まさに混ぜご飯だ」

夢中で掻っ込む隼人を、里緒は笑みを浮かべて見つめる。

「よかったです。三つの具材を、お醬油やお酒、味醂などで味付けしながら炒め合わせて、ご飯に混ぜただけなのですが。葱にも似た野蒜の味が利いて、ちょっと独特な味わいになりますでしょう」

隼人は口元についた米粒を手で拭って、里緒を見つめ返した。

「え、またも里緒さんが作ってくれたのか」

里緒は恥ずかしそうに、頷いた。

「ええ。料理人も昼餉を食べていたところだったので、厚かましくも私が作らせていただきました。申し訳ございません、これぐらいのものしかお出しできなくて」

「い、いや、充分だ。旨い、本当に旨い。……あ、お代わりもらえるかい」

隼人は米粒一つ残さず平らげ、里緒に丼を差し出す。里緒は微笑んだ。

「はい、もちろん。よかったです、多めに作っておいて。すぐお持ちしますので、お待ちくださいませ」

里緒は丼を丁寧に両手で持ち、いそいそと部屋を出ていく。お竹は隼人を眺めて、にんまりした。

「旦那、なんだかご酒でも召し上がったような顔色になってますよ」

「や、やだなあ。まあ、酔い痴れるのは混ぜご飯、ってことか」

「あら旦那、お上手」

澄ました顔で咳払いをする隼人に、お竹はお茶を注ぐ。

お代わりも綺麗に平らげ、里緒の手料理を満喫した後、隼人は探索の経過を話しながらつい愚痴をこぼしてしまった。

「その三人を探しているのだが、はっきり分かっているのは油問屋の内儀だけだ。八王子、大月にまで足を延ばして訊ね歩いたが、どうしても突き止められなかった。似面絵作りを里緒さんに力添えしていただいた師匠風の女も、まだ見つかっていねえ。なんとも情けねえや」

「でも、そこまでお摑みになったのは凄いですよ。探索の甲斐がございましたね。……あれほど上品に見えた伝兵衛さんがそのような方だったというのは、なにやら残念ですけれど。まさに女の敵です」

唇を尖らせる里緒に、隼人は苦い笑みを浮かべる。

「女人から見れば許せぬ男だということは、よく分かるぜ。それがゆえに、疑いがかかっている三人の女というのが、不憫(ふびん)でな。こちらの推測のように、脅かされたことを苦にして伝兵衛を殺めたというのなら、捕縛するのはやりきれん。……だが、そうも言ってられねえしな」

お茶を啜る隼人の横顔を、里緒はじっと見つめる。

「隼人様って、思いやりがおありになるのですね」

「いや、伝兵衛は相当悪い男だったようだからな。天罰ということで容易に片付けてしまいてえよ」

「まあ」

二人は微笑み合うも、隼人は息をついた。

「八王子や甲州まで赴(おもむ)いて、殺伐(さつばつ)とした話ばかり聞かされると、やりきれなくなってくる。長閑な景色に慰められはするのだがな。江戸を離れても、どこにでも悪人はいるし、どこでも殺しはある。この世は世知辛(せちがら)いと、つくづく思うぜ」

里緒は白い指を、顎に当てた。

「でも……ぴりりと辛い唐辛子だって、卵や味醂など甘みのあるものと合わさると、辛いだけではなく深みのある味わいになりますでしょう。この世も、探索も、同じではないかと思うのです。辛いことがあっても、きっとまた別の思いが重なり合って解決し、味わい深い結末へと導かれるのではないでしょうか」

隼人はお茶を飲む手を止め、里緒をじっと見つめる。里緒は慌てて口を押さえた。

「あ、申し訳ございません。生意気なことを申し上げてしまって……それも探索が専門の同心の御方に。お許しください」

頭を下げる里緒に、今度は隼人が慌てる。

「い、いや。……里緒さんの言葉、感激したぜ。そうだよな、辛い思いがあっても、その先に味わい深い結末が待っているかもしれねえんだよな。うむ。愚痴をこぼすより先に、張り切って探索を進めんとな。里緒さん、礼を言う。やる気が再び漲ってきたぜ」

力強く頷く隼人に、里緒は微笑んだ。

「よかったです。隼人様からいただいた唐辛子のおかげですわ」

「いや、里緒さんの優しさと機転のよさだ」

二人は見つめ合い、ともに含羞む。隼人はお茶を飲み干し、立ち上がった。

「お忙しいところ、失礼した。これ以上長居してしまっては申し訳が立たん。そろそろお暇しよう」

「ご来訪ありがとうございました。また是非、いつでもお立ち寄りくださいませ」

里緒も立ち上がり、隼人に一礼する。部屋を出る時、隼人は不意に振り返り、仏壇に目を向けた。

「ご両親はいつ」

「一年半ほど前に。事故だったんです。王子の音無渓谷で足を滑らせてしまったらしくて」

「そうか……。ご両親、きっと里緒さんの今の姿をご覧になって、喜んでいらっしゃるぜ。料理、本当に旨かった。ご馳走様。女人の手料理はやはりよいものだと、しみじみ思う。俺も妻を亡くしているのでな」

里緒は目を見開いた。

「まあ、それは……私、てっきり」

「そういう訳だ。性懲り(しょうこ)もなく、また寄らせてもらうぜ。こう見えて結構図々しいのでな、俺は」

隼人は里緒に微笑み、恰幅のよい躰を揺さぶって部屋を出ていく。里緒は後から続き、三つ指をついて見送った。

里緒の料理と言葉に励まされ、隼人は再び探索に取り組む気になった。

——伝兵衛の宴に訪れていた、口中医の尾形杉義にまだ話を聞いていねえから、八王子にまた行ってみるか。

とは思うものの、正直なところ、江戸と八王子の往復はなかなかきつい。それゆえ今度は半太に頼もうかと考えていると、亀吉が買って出た。

「あっしがひとっ走り行ってきやすよ。一度訪ねやしたんで、尾形の家がどこにあるかも分かってやすし」

「悪いな。その分の手当てを出すんで、よろしく頼むぜ」

「任しておくんなせえ」

亀吉は胸を叩くも、眉根を微かに寄せた。

「もし……尾形からも手懸かりが摑めなかったら、もう油問屋の内儀のお節を引っ張ってきて、話を聞き出しちまいますか」

「いや、それはまだ強引過ぎるだろうな。お節が妖し絵に描かれたと証言したのは坂松堂だけだし、奴もなにやら怪しげだ。里緒さんはお節の顔をはっきり見た訳ではねえから、伝兵衛を本当に訪ねたかも微妙なところだ。確固たる証が何一つないのであるから、引っ張ったところで、知らぬ存ぜぬで白を切られるのがオチだろう」

「そう言われてみれば、そうかもしれやせん」

亀吉は項垂れる。隼人は苦い笑みを浮かべた。

「来し方に苦労をして幸せを摑んだ女というのは、そう易々とは本音を吐かねえものだぜ。なんとしてでも今の幸せを守り抜こうと躍起になるだろうからな。そのような女がすべてを打ち明けるのは、最後の最後まで追い詰められた時だけだ」

亀吉は神妙な顔で、隼人の横顔を見つめる。隼人は、だからこそやけに気に懸かるのだった。三人の女の内、武家の妻になったと思しき女のことが。

亀吉は再び八王子へと飛んだ。日本橋から八王子まではおおよそ十二里（約四十七キロ）、亀吉がいくら健脚といっても休憩を含めて半日はかかる。暁七つ（午前四時）に発ち、夕七つ（午後四時）過ぎに八王子は八日市宿へと辿り着いた。夕七つといってもまだ外は明るく、旅人や、馬を牽いた馬子や駕籠、飛脚や行商人たちが行き交い、賑わっている。亀吉は蕎麦屋に入って急いでお腹を満たすと、尾形杉義の小さな診療所を訪ねた。出てきた端女に、房なし十手をちらりと見せる。

「先日、幕府役人の旦那と一緒にお伺いしやした者ですが。先生はお帰りですかい」

「ああ、あの時の。お帰りになってますが……どのような御用件でしょう」

端女は怪訝な顔をする。亀吉は懐から書状を取り出し、今度はそれを端女に見せた。隼人が書いてくれたもので、町方役人の手先であることの証だ。隼人の署名と印もあった。

端女は書状と亀吉を交互に見ながら、目を瞬かせる。亀吉は端女を見据えた。

「江戸で、横山宿名主の田中伝兵衛さんが殺されやしてね。それでいろいろ探っていやしたら、こちらの先生もお仲間だったと知り、お話を聞かせていただきたく参上したって訳でして」

「はい。……ちょっとお待ちくださいまし」

端女は亀吉に一礼し、奥へと向かった。どうやら患者は一人もいないようで、しんとしている。端女はすぐに戻ってきて、亀吉を中へと通した。

尾形は板敷に胡坐をかいて座り、腰をさすっていた。湯治に行ったものの、まだ痛むようだ。尻からげにした小袖に股引といった旅姿の亀吉を眺め、尾形は眉根を寄せた。

「歯が痛い訳じゃないんだろう。何の用だね」

突っ慳貪な態度に亀吉は苦笑しつつ、手土産を差し出した。大きめの瓢簞徳利だ。

「江戸で人気の、伊丹の下り酒です。よろしければお呑みくだせえ」

するとと尾形の表情は少々和らいだ。

「ほう、下り酒ねえ。酒は嫌いじゃないからもらっておこう」

亀吉はにやりと笑って勝手に板敷に腰を下ろし、さっさと切り出す。

「田中伝兵衛のことで、ちょいとお話を聞かせていただきたいと思いやしてね。お仲間だったんでしょう」

亀吉は懐から書状を取り出し、尾形にも見せた。尾形はそれをじっくりと眺め、微かに呻いた。そして瓢箪を摑んで蓋を開け、傍に転がっていた茶碗に酒を注いで、一息に呑み干した。

亀吉は尾形を睨めるように見据えている。尾形は口元を手で拭いながら再び酒を注ぎ、茶碗を亀吉に差し出した。

「お前さんも呑むかい」

「いえ、あっしは」

断っても、尾形は茶碗を差し出したままだ。二人の眼差しがぶつかり合う。亀吉は茶碗を受け取り、一気に呑み干した。

「気に入ったぜ、兄ちゃん」

尾形は初めて笑みを見せ、すぐにまた酒を注いだ。

「ぐっといってくれ。酒好きに悪い奴はいないってのが、俺の信条なんだ」

「へい、いただきやす」

顔色一つ変えずに酒を呑み干しながら、亀吉は思った。

——これが山川の旦那なら、たちまち目を廻してぶっ倒れただろうから、あっしが来てよかったぜ。

今度は亀吉が尾形に酒を注ぎ返す。酒が廻った尾形は、少しずつ饒舌になっていった。

「伝兵衛さんが殺されて、ちょいと話を聞きたくて、こんな遠いところまで聞き込みにきたって訳か。ご苦労なこったな」

「まあ、仕事なんで。……それより、どうですかい。伝兵衛が開いていた宴に来ていた女たちのこと、何かご存じではありませんかい」

亀吉に鋭い眼差しで見つめられ、尾形は苦虫を嚙み潰したような顔で腕を組む。暫し目を瞑り、そして不意に話し始めた。

「四年前ぐらいかなあ。江戸へ遊びにいった時、偶然出会ったんだ。伝兵衛さんの宴で妖し絵に描かれていた女に。料亭の座敷に呼んだ芸者が、たまたまその女だったんだ。驚いたよ」

「そんなことがあったんですかい。なんていう芸者だったか、覚えていやすかい」

亀吉は目を見開き、身を乗り出した。

「うむ。柳橋の〈きくや〉って置屋の菊路という芸者だった。美貌に磨きがかかって、いい姐さんになっていたよ。もう一度遊んでみたいと思って、一年経って再び江戸へ行った時に呼ぼうとしたんだが、菊路はもう芸者をやめていた。どうしてやめたか分かるかい」

尾形に問われ、亀吉は首を傾げる。尾形は酒を啜り、溜息をついた。

「なんと与力に身請けされ、その後妻に収まったそうだ。与力の先妻が存命だった頃からの仲だったらしい。その与力は、親戚一同の忠告も聞かずに、芸者あがりの妾を武家の養女にした後、正式な妻にしてしまったそうだ。その話を聞いてね、俺は驚いたもんだよ」

「与力……ですか」

「まあ、本当かどうかは分からないがね。巧くやったもんだと思ったよ。女は怖いぜ、まったくな」

尾形はその女の年恰好など、特徴も教えてくれた。

「折角だから、もっと一緒に呑もうぜ」

尾形は亀吉を引き留めたが、閉める間際に患者が訪れたのをきっかけに、亀吉は礼を述べて腰を上げた。

「まったく、あんな酔っ払いに歯を抜かれたりしたら怖くて仕方ねえや」

ぶつぶつ言いながら、亀吉は診療所を立ち去った。

重要なことを摑んだように思え、一刻も早く隼人に報せたかったが、さすがに今から蜻蛉返りする気力はないので、八日市宿で適当な旅籠を見つけて泊まることにした。隼人から充分な旅賃をもらっていたので飯盛女と遊ぶつもりだったが、その元気もなく、夕餉と風呂を済ますと大きな鼾をかいて眠り込んでしまった。

翌朝も暁七つに発ち、緑が生い茂る中をせっせと歩いて、夕七つに亀吉は八丁堀へと戻った。

「ご苦労だった。恩に着るぜ」

隼人は亀吉をねぎらい、一膳飯屋で鱈腹食わせてやった。ご飯を搔っ込み、味噌汁をずずっと啜りながら、亀吉は探索の結果を隼人に話した。

与力と聞いて、隼人はピンときた。

——そういえば……そのような話を耳にしたことがあった。花街(かがい)にいた妾を後添えにしたという話を。

その与力とは、北詰修理(きたづめしゅり)。南町奉行所の年番方与力で、御肴青物御鷹餌耳掛与力を兼任している。修理の奥方は、多江(たえ)という麗しい女性(にょしょう)であった。

亀吉が尾形から聞いた菊路の特徴と、多江のそれは、符合したのだった。

第四章　沁みるお汁粉(しるこ)

一

　これで三人の女の内、武家の奥方らしい女の目星もついた。残るは女師匠らしき女だ。清香から何の音沙汰もないので、隼人がそろそろ訪ねにいこうと思っていると、半太が言伝の文を持ってきた。

「清香さんに頼まれました。旦那に渡してくださいって」

「おう、ありがとよ。ところで坂松堂の様子はどうだ」

「はい。相変わらずあの調子で、好き勝手やってますよ。でも、不審な動きがある訳ではありません。ひたすら絵を描いて、その合間に女と遊んでいるって具合で」

「あいつはいかにも胡散臭そうに見えるだけで、殺しには関わっていねえのかもな。よし半太、坂松堂の見張りはもういいぜ。次は、年番方与力の北詰修理様の奥方でいらっしゃる多江殿を見張ってくれ。いいか、相手が相手だけに、細心の注意を払って働いてくれよ」

半太は息を吞む。

「はっ、はい。北詰多江様ですね。かしこまりました。……では、つまりは、北詰与力様の奥様が、三人の女の内の一人だということですか」

「うむ。恐らくそうではないかと、俺は踏んでいる。多江殿は二十五で、北詰様とは歳が二十以上離れている。調べてみたところ、芸者の出だという噂がやはり根強くあり、その前にどこで何をしていたかを知っている者はいなかった。多江殿が五、六年前に八王子にいて妖し絵に描かれていたことが本当ならば、必死で隠して封じ込んでいるに違いねえ。三人の女の中で、来し方を暴かれて最も困る立場にいるのは、多江殿と察せられる。それゆえ、追い詰められれば、何を仕出かすか分からねえ。……だからこそ半太、決して気取られぬよう、気をつけて見張ってくれよ」

「はい、かしこまりました」

半太は顔を引き締め、力強く頷いた。

清香からの文には、似面絵の件でお話がありますと書かれていたので、隼人は早速訪ねた。佐内町の手習い所兼住まいで、清香は隼人にお茶と大福を出して、微笑んだ。

「仲間のお師匠たちに訊ね回って、ようやくそれらしき女人が摑めました」

「それはありがたい。で、どのような者だ」

大福をむしゃむしゃと頰張りながら、隼人は身を乗り出した。

「ご浪人様のご息女で、四、五年前に八王子から江戸へ出ていらして手習い所を始められた、小貝しのぶ様という方です」

八王子と聞いて、これは間違いないと隼人は膝を打つ。清香は隼人の湯呑みにお茶を注ぎ足した。

「しのぶ様のご先祖様は、甲斐武田家の家臣だったと伺いました。お父上様は甲府代官所で公事方を務められていたそうですが、何かの訳がおありになって浪人になられたようですわ。そのために苦労なさったこともあったそうですが、由緒ある家柄のお嬢様だからでしょうか、しのぶ様はお優しく賢いと評判のお師匠様で、寺子も多いと聞きました」

「そうか……本当に間違いないのだろうか、その小貝しのぶ殿で」

隼人は、大福を食べる手を止める。そのような女人が、えげつない事件に真に巻き込まれているというなら、堪えがたいような気がした。

「恐らく間違いないかと。私も実際、躑躅の陰からしのぶ様を確認しましたが、お預かりした似面絵の女人によく似ておりましたもの。……それとも、私の言うことをお疑いになっていらっしゃるの」

「いや、そんな、疑うなどということは断じて」

清香は隼人を上目遣いで見た。

「そうですわよね。疑われたりしたら、悲しいですもの。隼人様のために、必死で訊ね回ったんですよ、これでも」

「誤解をさせるようなことを言ってしまったなら、すまない。清香殿、このとおりだ。許していただきたい」

頭を下げる隼人に、清香は微笑んだ。

「別に怒ってなどおりませんわ。ちょっと拗ねてみただけですの。……隼人様が、鈍感でいらっしゃるから」

清香にじっと見つめられ、隼人は姿勢を正す。清香の円らな瞳は、蕩けてしまいそうなほどに潤んでいた。

「隼人様も、しのぶ様を一度訪ねてみるとよろしいわ」

「そうしてみよう。自分の目で確認せねばな」

隼人は、大福の最後の一口を頬張り、ゆっくりと嚙み締めた。

清香の手習い所を後にすると、隼人は早速、神田は松枝町にある小貝しのぶの手習い所へと向かった。

猪牙舟で大川から神田川へと進み、和泉橋の辺りで下りて松枝町へ向かう。躑躅の陰に身を潜めてこっそり窺うと、確かにしのぶは似面絵の女人によく似ていた。

——八王子から江戸へ来たというのが、決め手だろう。小貝しのぶ殿は、三人の女の内の一人に違いねえ。

これで伝兵衛が雪月花で会っていた三人の女が、すべて摑めた。手習い所の女師匠・小貝しのぶ、油問屋の内儀・お節、年番方与力の奥方・北詰多江だ。

——遺体を検めた結果、伝兵衛には腹を刺された傷痕、頭を何度か殴られた痕があった。腹の傷が浅かったところを見ると、下手人は殺しには慣れておらず、刺しただけでは相手が死ななかったので、その後に頭を石か何かで何度か殴ったと思われる。とどめを刺すためにだ。つまり下手人は、一撃では相手を殺すことが到底無理な者とも考えられる。すると、やはり下手人は女だと見るのが妥当なのか。

頭を何度も殴るという行為にも、相手に対する強い恨みが感じられる。

——そっとしておきたい来し方を蒸し返され、それをネタに強請られたのだとしたら、それぐらい強い恨みを抱いてしまうかもしれねえな。

三人の女それぞれの痛みや苦しみを慮ると、隼人はやりきれない思いだった。しかし事件解決のためにはそうも言っていられず、隼人はそれとなく話を聞いてみることにした。寺子たちが帰るのを待ち、しのぶが一人になったところで、腰高障子を少し開けて声をかけた。

「すまんが、訊ねたいことがある」

隼人が取り出した朱房の十手を見て、しのぶは怯えたような顔になった。目を逸らして俯くしのぶに、隼人は再び穏やかに声をかけた。

「入ってもよいか。手間は取らせねえ。少しだけ時間をくれねえか」

するとしのぶは立ち上がり、腰高障子を開けて、隼人を中に入れた。壁には寺子たちが書いた習字が貼ってあり、清香の手習い所と同じく、墨の薫りが漂っていた。

「悪いな。学びの場に、こんなむさ苦しい男が訪ねてきちまって」

隼人は身を縮こまらせて座り、頭を掻く。しのぶは目を伏せ、蚊の鳴くような声を出した。

「どのようなお話でしょう」

「端的に訊こう。横山宿名主の、田中伝兵衛を知っておるか」

しのぶの顔色が変わる。俯いたまま、声を微かに震わせた。

「いえ……存じません」

「そうか。その伝兵衛が殺されたので、いろいろと聞き込みをしているんだ。貴殿が八王子から江戸へ出てきたと聞いたので、もしや伝兵衛について何か知っているかと思って訪ねたという訳だ」

しのぶは顔を上げ、目を見開いた。

「殺された……のですか」

「今月の初め頃だ。浅草は山之宿町の小さな稲荷でな」

「そんなことがあったのですね」

しのぶは呟き、再び目を伏せ、押し黙ってしまった。隼人はしのぶを見据えた。

「もう一度訊く。本当に田中伝兵衛を知らねえのか」

「……存じません。まったく」

しのぶは膝の上に置いた手を、微かに震わせている。

——嘘をついているな。伝兵衛を知っているに違いねえ。

隼人は溜息をついた。

「そうか。突然邪魔して悪かった」

食い下がりもせず、隼人は一礼して立ち上がり、速やかに去った。

隼人は次に、日本橋の油問屋〈富樫屋〉に赴き、様子を窺った。間口の広い、風格のある大店だ。

——伝兵衛が強請ることまでしていたなら、一番強請り甲斐があるのは、この店の内儀のお節だろう。

お節は顔立ちや雰囲気が派手で、店に立って色香を振り撒きながら働いている。

隼人は編み笠を被り、物陰に身を潜めていたが、お節が店から出てきたところで、声をかけた。

「すまんが、ちょっと話を聞かせてくれねえか」

お節はぎょっとしたように目を瞬かせる。隼人が十手を見せると、衿元を直しながら突っ慳貪な態度を取った。

「はい、なんでしょう。忙しいので早くしてください」

「うむ。では端的に訊こう。八王子は横山宿名主の田中伝兵衛という者を知っておるか」

お節は隼人を、鋭い目で見た。そして顔色一つ変えずに答えた。

「知りません、そのような方は」

「本当なんだな」

お節は鼻で笑った。

「どうして江戸者の私が、八王子の名主を知らなければならないのでしょう」

「それもそうだな。……いや、その伝兵衛が江戸で殺されたので、こうしていろいろと聞き込みをしているという訳なのだが」

その時、お節の顔が不意に強張ったことを、隼人は見逃さなかった。お節は後れ毛を整えつつ、隼人を見据えた。

「そうですか。ご苦労様です。その人が殺されたからといって、私のところを訪ねてくるのも妙なお話ですけれどね。私の知りもしない人なのですから。……お話はそれだけですか」

「それだけだ」

「なら、そういうことですので。店が忙しいので、ではこれで」

お節は仏頂面(ぶっちょうづら)で、店の中へと戻ってしまった。隼人は溜息をつき、鼻の頭を搔く。

——お節も嘘をついているな。冷たい態度を取ってはいたが、明らかに動揺が見られたぜ。まあ、しのぶよりは数段、厚かましいようではあるがな。

隼人は苦笑する。

——しのぶは、伝兵衛が殺されたことを明らかに知らなかったようだ。あの日の動きは、そのようにしか思えん。もしあれが芝居だとしたら、相当なタマだろう。……一方、お節はそのあたりが微妙だ。あの態度からは、知らなかったようにも、知っていたようにも、どちらにも受け取れる。二人のうち、思い切った行動が取れるとしたら、やはりお節のほうだろう。

隼人は、多江にも直に訊いてみたいとは思うが、上役の奥方なので、やはり躊躇(ためら)ってしまう。そこで半太に、つきっきりの見張りを頼んだという訳だ。

隼人は亀吉にも頼んで、しのぶとお節をしっかり見張ってもらうことにした。

この時季は藤の花が見頃である。遠方から、名所の亀戸天満宮を訪れた人々が、その帰りに雪月花に泊まっていくこともあった。

雪月花でもあちこちに藤を飾り、お客の目を楽しませている。旅籠が薄紫色に色づく中、里緒は清々しい若草色の着物姿で、淑やかにお客をもてなしていた。部屋のほとんどは泊まり客で占められていたが、昼間に使う者たちのために二部屋は空けている。里緒が帳場で休んでいると、お竹もやってきた。女二人、お茶とざらめ煎餅で、一息つく。

「今日は二十日だから、あの二人、そろそろ訪れますよね」

「そうね。清太郎さんと春代さんは、いつも八日置きぐらいにいらっしゃるから」

清太郎と春代は、敵対する大店の、それぞれ息子と娘である。親同士は仲が悪いのだが、子供同士は愛し合っており、人目を忍んで逢う時にいつも雪月花を利用しているのだ。

やはり二人は訪れた。八つ前に清太郎が先に来て、少し経って春代が御高祖頭巾を被ってこっそり入ってきた。

「いらっしゃいませ。清太郎様がお部屋でお待ちですよ」

里緒は春代を速やかに部屋に通す。春代は部屋に入るなり頭巾を取り、清太郎に微笑んだ。

「いつものように七つ半（午後五時）頃に、軽いお食事を運んでいただけますか」

「かしこまりました。ごゆっくりお寛ぎください」

里緒は二人に丁寧に礼をし、すぐに下がった。一階へ戻り、板場に顔を出すと、料理人の幸作は既に夕餉の仕込みにかかっていた。

「清太郎さんと春代さんがいらっしゃったから、お二人へのお食事もお願いします」

「……いいですね、あのお二人。仲がよろしくて」

肩を竦める幸作に、里緒は微笑んだ。

「本当に。いろいろご苦労はあるみたいだけれど」

「そうっすね。でも、もっと堂々と付き合っていいと思いますが。なにも人目を忍ぶこともないような」

「お二人のご両親が大反対しているのですもの、仕方ないのよ。一度、ここで、駆け落ちするって大騒ぎしたじゃない」

「ああ、そんなことがありましたね。女将が必死で止めたんですよね」

　里緒は頷いた。

「あの時はどうにか収まってくれたけれど、あれ以来、あの二人がなにやら気懸かりでね。ここにいらっしゃる時は、いつも注意しているの。心中なさったりしないように」

　幸作は包丁を持つ手を止め、目を見開いた。

「心中っすか。それは穏やかじゃないっすよ」

　里緒は指を口に当てる。

「しっ。声が大きいわ。とにかく、目が離せないのよ。恋に燃え上がる若い二人なのですもの」

「清太郎さんが十九で、春代さんが十八でしたっけ。いいっすねえ、誰にも止められない年頃っすよ」

「他人事(ひとごと)だと思って、軽い調子で言わないでよ。……若いっていっても、二人ともそろそろ落ち着かなくてはいけない年齢でしょう。だからよけいにご両親があれやこれやと煩いみたいよ。ああ、なんだか切ないわ。お互い燃え上がっているのに、なかなか結ばれない関係なんて」

溜息をつく里緒に、幸作はにやりとする。

「女将、なにやらご自分のことのように熱心じゃありませんか。ご自分も燃え上がるような恋を望まれているとか」

「な、なによ。私のことではなくて、あのお二人のことを言っているんじゃない。それに私は恋だとか鮃だとかよりも、仕事が第一ですから」

里緒は衿元を直して、澄ました顔をする。幸作は少し考えた後で、失笑した。

「ははは。恋と鯉をかけて、鮃が出てきたって訳ですね。いやあ、女将って、面白いなあ」

「……ではお料理、お願いいたします」

肩を震わせる幸作を軽く睨み、里緒は唇を尖らせて板場を離れた。

七つ半を少し過ぎた頃、里緒はお竹と一緒に、清太郎たちに料理を運んだ。二人は身支度を整え、行儀よく座っている。艶めかしい空気が部屋に残ってはいても、里緒とお竹は、そこは気づかぬふりだ。

「お待たせいたしました」

鰹のお茶漬けを見て、清太郎と春代は顔をほころばせた。ご飯に鰹のたたきと、千切り(せんぎ)りにした分葱と大葉、擂り下ろした生姜が少々載っている。芳ばしい匂いに、若い二人は目を細めた。

「いただきます」

胸の前で手を合わせ、二人はお茶漬けを啜り始めた。

「鰹の旨みと、大葉や生姜の爽やかな味わいが相俟(あいま)って、さっぱりといただけます」

「鰹ってお茶漬けにしても美味しいんですね。本当によいお味だわ」

添えられているのは、唐辛子がぴりりと利いた蕪の浅漬けだ。静かな部屋に、お茶漬けを啜る音と、浅漬けを齧る音が、交互に響いた。

二人はあっという間に食べ終え、満足げな笑みを浮かべた。

「気懸かりなことがあっても旨いものを食べると、心が和みますね」

「あら清太郎さん、何か気懸かりなことがございますの」

「お二人の恋の行方ですかね、やっぱり」

好奇心で膝を乗り出すお竹を、里緒は横目で睨む。清太郎は苦笑した。

「いえ。それとは別のことなんです。……もっと殺伐としたことといいますか」

「清太郎さん、人が殺められるところを目撃してしまったそうなんです」

里緒とお竹は顔を見合わせた。今度は里緒が身を乗り出す。

「それはいつ頃のことですか」

「今月の初めの頃です。五日か六日だったかな。この近くの、秋草稲荷で。初老の男の人が、女の人に刺されたのです」

里緒は目を見開いた。清太郎と春代は、いつも秋草稲荷の木の枝に文を括りつけて、連絡を取り合っているという。

「その日は午後から雨が降っていましたが、夕刻に一時止んだので、秋草稲荷に赴いたのです。薄暗い中、濡れていない枝を探していると、なにやら言い争うような声が聞こえてきました。何事だろうと思い、木の陰に身を潜めて窺っていて……目撃してしまったのです」

里緒は胸元に手を当てた。

「それで、男の人を刺したのは、どんな方でした」

「武家の奥方風の女人だったので、もう、驚いてしまいまして。恐ろしかったのと……面倒なことに巻き込まれるのが嫌で、気づかれぬように速やかに走り去ってしまったのです」

「では、その後は見ていないのですね」

「はい。血が凄く出ていたので、助からないと思いました。その時は逃げてしまいましたものの、後になって良心が咎め、奉行所に行って話したほうがいいか迷っているのです」

溜息をつく清太郎に、里緒は凛として言った。

「私の知り合いの同心はよい方なので、その方に話せば、あなたたちの秘密が決して周りに知られないよう気遣って、探索を進めてくれるでしょう」

清太郎と春代は顔を見合わせた後、里緒に頷いた。

二

里緒に呼ばれ、雪月花で清太郎の話を聞いた定町廻り同心・山川隼人は、多江を徹底的に見張ることにした。半太と亀吉とともに、隼人も多江に注意していたが、なかなか動きは見せなかった。

多江に直接話を聞きたくても、与力・北詰修理の奥方ゆえに、隼人はなかなか踏み出せずにいた。

北詰の役宅を見張っていた半太は、ある時、垣根越しに多江を眺めている男がいることに気づいた。二十六、七ぐらいの、頑丈そうな男だ。半纏に股引、網代笠の姿である。その男は、琴を爪弾く多江の姿を、じっと見つめていた。

服装や腰にかけた小さな籠（かご）などから、男が鳥刺（とりさ）しであると、おおよその察しはついた。多江の夫の北詰修理が、年番方与力であり御肴青物御鷹餌耳掛与力を兼任していることからも、それは間違いないであろう。御肴青物御鷹餌耳掛与力は、鳥刺しの監督を務めるからだ。夫の修理を通じて、多江のことを知っていたとしても不思議はない。

鳥刺しとは鷹匠（たかじょう）に所属し、将軍の鷹狩り用の、鷹の餌になる鳥を獲る小者のことだ。餌差（えさし）とも呼ばれる。

鳥刺しと思しき男は、静かに多江を眺めていたが、少しして立ち去った。半太は男が気に懸かり、跡を尾（つ）けてみたいとも思ったが、多江の見張りを疎（おろそ）かにしては元も子もないので、その場に留まった。

亀吉に見張りを交代する時、半太は訊ねてみた。

「鳥刺しらしき男が、多江様を垣根越しに眺めていたんだ。兄いも、そのような男を見たことがあるかい」

「いや、俺は一度も見たことがねえ。鳥刺しなら、ご主人の北詰様に何か用があったんじゃねえかな」

「そういう感じではなかったんだけれどな。なにやら、奥方を気に懸けているような……。そんな眼差しだったんだ。まあ、おいらの勘違いかもしれないけれど」

鼻の頭を掻く半太に、亀吉は苦笑した。

「いくらなんでも鳥刺しの立場で、年番方与力の奥方に岡惚れする訳ねえだろうよ。それぐらいの分別がなくてどうすんだって話だ」

「そりゃそうだよな。愚かなことを考えたり、仕出かそうとでもしたら、それこそ北詰様やお屋敷の人にあっさり斬られちまうよな」

「そういうこった」

すっかり納得した半太は、亀吉に後を任せ、昼餉を食べにいった。

多江は沈んでいるように見え、半太は心配だった。時折、琴を弾いているが、よく間違える。外出もほとんどせず、顔色が悪く、心ここにあらずといった風だった。

卯月も残り僅かといった頃、早朝に、多江が独りでふらふらと屋敷を出てきた。見張りをしていた半太は、何か様子がおかしいと思い、跡を尾けていった。

多江は青白い顔で川沿いを真っすぐ歩き、中ノ橋(なかのはし)を渡ろうとした。まだ仄暗(ほのぐら)い時分、多江は静かな川をじっと見つめる。

身を乗り出そうとしたところで、半太が駆けていって慌てて止めた。

「離してください」

身を捩(よじ)る多江を、半太は押さえつけた。

「駄目です、そんなことをしては。落ち着いてください」

多江は半太の腕の中で暫く必死にもがいていたが、力が敵うはずもなく、やがて泣き崩れた。

橋の上に蹲(うずくま)って嗚咽(おえつ)する多江の肩に、半太はそっと手を置いた。

「明るくなってきました。こんなところで泣いていては、人目につきます。……番所に連れていったりなどはしません。もっと安全な、落ち着いて話ができるところにいきましょう。大丈夫、おいらを信じてください」

多江は潤む目で半太を見上げる。半太は大きく頷いた。

起床して身なりを整え終えた里緒を、お初が呼びにきた。

「あの、女将さん。岡っ引きの半太さんがいらっしゃったのですが」

「まあ、こんな早くに。隼人様もご一緒なの」

「いえ……お連れ様がいるのですが、なにやら様子がおかしくて」

お初は怪訝な顔をしている。里緒は急いで部屋を出た。

玄関に立っている半太を見て、里緒は目を瞬かせた。半太は女人を伴っていたからだ。

「お久しぶりです。あの……今からお泊まりでしょうか」

「あ、いえ、宿泊という訳ではなくて、女将さんを見込んで、お願いがあるのですが」

深刻そうな面持ちの半太に、里緒は姿勢を正す。半太の隣で俯(うつむ)いている女人にも、なにやら覚えがあるような気がした。女人の頬に涙の痕があることに、里緒は気づいた。

「……あの、ここではなんですから中にお入りくださいまし。私の部屋でゆっくりお話を聞かせていただきます」

「ありがとうございます」

半太は深々と頭を下げた。

里緒が二人を部屋に通すと、お初がお茶を運んできた。女人は俯いたまま、身じろぎもしない。里緒は女人が心配で、ちらちらと様子を窺う。半太はお茶を一口啜って、喉を潤した。

「身投げしようとなさったところを、止めたんです。心が乱れていらっしゃるようで……番所にお連れすることなどできなくて。でも、こちらなら和めるのではないかと思ったんです。温かな雰囲気の中で心が落ち着いて、何があったのかをお話しいただけるのではないかと。それでこちらにお連れしたという次第です」

半太なりに機転を利かせたということだろう。半太の話や女人の身なりから、里緒は察した。女人は、北詰与力の奥方の多江で、追い詰められて身投げしようとしたところを半太に止められたのだろう。里緒は、多江のことを隼人から聞いていた。

だが里緒は、そのようなことは気づかぬ素振りで、多江を気遣った。

「そうだったのですね。……大丈夫です。半太さんが仰るように、ここではお寛ぎいただけると思います。でも、顔色が少しお悪いですね。お布団がございますから、少しお寝み(やす)になりますか」

里緒に穏やかに話しかけられ、多江は項垂れ(うなだ)たまま、蚊の鳴くような声を出した。

「いえ……大丈夫です。すみません」

するとお竹が様子を見に、部屋に顔を出した。半太は立ち上がり、お竹に耳打ちした。

「今から山川の旦那を連れて参りますので、後を頼みます」

お竹は、分かりましたというように、半太に頷く。半太は飛び出していった。

半太と代わってお竹が腰を下ろし、里緒と一緒に多江を見守る。多江はひたすら俯いたまま、里緒やお竹と目を合わせようとしない。

――相当、辛くていらっしゃるのだわ。

多江の心を慮れば、里緒は安直には慰められないような気がした。今の多江には、他人のどのような言葉も、重荷になってしまうかもしれない。里緒はそう思った。

里緒はお竹に目配せして、腰を上げた。

「ちょっとお待ちくださいね」

多江に微笑み、里緒は部屋を出た。

板場へ行くと、幸作が朝餉の仕込みをしていた。頼んで板場を貸してもらい、煮ていた小豆（あずき）を分けてもらって、作り始める。ほっこりとした穏やかな匂いが、広がっていった。

里緒は汁粉を作り、膳に載せて運んだ。部屋に戻り、多江の前に置く。できたての汁粉は、湯気を立てていた。

多江は顔を上げ、初めて里緒と目を合わせた。里緒は柔らかな笑みを浮かべた。

「よろしければ召し上がってくださいい。甘いもの、お嫌いですか」

「い……いえ」

多江は首を微かに横に振る。里緒は胸に手を当て、にっこりした。

「私も甘いもの、大好きなんですよ。お汁粉は特に好きで、お餅を入れたものなど二杯も三杯も食べてしまうんです」

お竹も微笑みながら調子を合わせる。

「そうなんですよ。うちの女将ったら、呆れるぐらいによく食べるんです。あら……そちらのお汁粉には、お餅は入れなかったようですね」

「そうなの。私は朝からお餅でもまったく平気だけれど、お客様は私とは違うとお見受けしましたので。でも、もしお餅を入れたほうがよろしいなら、お申しつけくださいね。すぐにお作りしますので」

里緒とお竹に微笑まれ、多江はまたも俯く。湯気とともに、汁粉の甘やかな匂いが、部屋に漂っている。

多江は暫く膳を眺めていたが、不意に両の手で椀を摑み、汁粉を一口啜った。

「……温かい」

呟き、多江はほろほろと涙をこぼした。

微かに震える両の手で椀をしっかりと摑み、多江はもう一口啜る。里緒とお竹は、黙って多江を見守っていた。

汁粉を半分ほど飲むと、多江は思いが迸ったかのように口にした。

「私は……取り返しがつかないことをしてしまいました」

多江の思いが伝わってきて、里緒も指でそっと目を拭った。

「分かりませんよ。ご自分でそのように思われているだけかもしれません」

「もう駄目だと思ってもね、案外、希みが残っていることって、あるものなんですよ」

里緒とお竹の励ましには何も答えず、多江は再び汁粉を啜る。二人に見つめられながら、多江は静かにゆっくりと、汁粉をすべて飲み干した。

椀を置き、多江は里緒に向かって礼をした。

「ご馳走様でした。たいへん美味しゅうございました。……心が定まりました」

多江はもう涙が止まっていた。

暫くして隼人が現れると、多江は畳に擦りつけるように、深く頭を下げた。

「私がしたことです。申し訳ございませんでした」

隼人は多江に向かい合って座った。

「田中伝兵衛のことを仰っているのですね」

「はい。私があの人を刺しました」

「どのような訳があって刺したのか、話していただけますか」

多江は目を伏せ、頷いた。

「私は伝兵衛に脅かされていたのです。来し方の過ちを、伝兵衛に摑まれておりました。それゆえ私は、伝兵衛が盗んだ金の両替をさせられました。それだけでなく、秘密をばらされたくなければ金を渡せと、強請(ゆす)られもしました。おまけに伝兵衛は私に、再びいかがわしい仕事をさせようとまでしたのです」

多江は唇を嚙み締めた。

「その秘密といいますのは……かつて妖し絵に描かれたということですよね」

「ご存じでいらっしゃるのですね」

多江は諦めたような笑みを浮かべる。隼人は頭を下げた。

「申し訳ありません。調べさせていただきました」

「殺しがあったのですから、町方のお役人が調べるのは当然ですわ。……仰るとおりです。私は江戸へ来る前、八王子に住んでおりました。百姓の家だったのですが、ちょうどその頃は不作で、とても貧しかったのです。そんな時、名主の伝兵衛に、声をかけられたのです。稼げる仕事があるので、やってみないかと。……母親が病で寝込んでしまっていて、その薬代も必要でした。家族皆お腹を空かせていて、一家を助けるつもりで、伝兵衛の話に乗ってしまったんです」

「それで宴に呼ばれたと」

「はい。妖し絵に描かれることは、二年ぐらい続けました。お金が貯まったので、そのおよそを家族に渡し、私は江戸へ出ることにしたのです。その間に母親は亡くなってしまい、薬代を作ることはもうしなくてよかったので。……いろいろと辛い思いをした地を離れて、江戸で新しい人生を始めたかったのです」

「そして江戸で芸者になられたと」

「はい。弟と妹がいますので、家族に少しは仕送りをしたかったのです。江戸へ出てきた女がすぐに稼げる仕事というのは、限られていますでしょう。それでも私にとっては芸者のほうがマシでした、妖し絵に描かれるよりは。まあ、三味線も踊りも半端にしかできない、酌婦のようなものでしたが」

多江は吹っ切れたように淡々と話す。彼女の乾いた痛みが伝わってくるようで、里緒はそっと目を伏せた。隼人は隼人で、淡々と切り込んでいく。

「そこで北詰様に出会われたのですね」

「たいそうご贔屓にしていただきました。身請けしてくださるだけでなく、私の家族にまで纏まった金子を渡してくださったのです。……本当に優しい御方です。私は妾でよいと、ずっと思っておりました。旦那様と自分が釣り合うなど、到底考えられませんでしたから。だから前の奥様がお亡くなりになって、私に後添いのお話があった時は、お断りしたのです。正妻など畏れ多いと。でも、どうしてもと望まれて。それでも断るというのは、たいへんな無礼にあたるのではと思うようになって、受け入れることにしたのです」

多江の目が不意に潤んだ。

「そのように優しい旦那様なのに……私ときたら。このようなことになるのなら、夫婦になる前に来し方のことをすべて話して、旦那様に諦めてもらえばよかった。来し方を振り切って江戸へ出てきたつもりだったのに、伝兵衛はいろいろと嗅ぎ回って私の居所を摑んでしまったのです。八王子にいる私の家族からも、根掘り葉掘り聞き出したりして。あの男は、最低の卑怯者なのです」

多江は声を震わせつつ、隼人を真っすぐに見た。

「あの日、私は伝兵衛に命じられたとおり、内藤新宿に両替に行き、夕刻にこの近くの稲荷で落ち合いました。両替した百両を渡すと、伝兵衛はこんなことを言ったのです。まだまだ足りない、年番方与力の奥方の地位を失いたくなければ、私にあと三十両渡しなさい、すぐに持ってきなさい、と。それも、にやにやと笑いながら。……その時、私の中で、何かがぷつりと切れたのです。気づいた時には、懐剣で刺しておりました」

その時のことを思い出したのだろう、多江の顔がすっと青褪める。

「脇腹を刺したのですね」

「はい……血が噴き出して、伝兵衛が倒れました」

「伝兵衛は刺しても死ななかったので、頭を殴って絶命させたのですね」

するとと多江は目を見開いた。

「いえ……私は殴った覚えはございませんが」

今度は隼人が目を瞬かせた。

「それは確かですか」

「はい。刺して、血がたくさん出たのを見て、急に自分のしたことが恐ろしくなって、走って逃げたのです」

隼人、里緒、お竹は顔を見合わせる。隼人は念を押した。

「本当に頭を殴っていないのですね」

「ここまで話したのですから、嘘をつくこともございません。でも……不思議ですね、伝兵衛は頭も殴られていたと言いますのは」

「では伝兵衛に渡した百両も、もちろん奪い返していませんよね」

「もうひたすら恐ろしくて、逃げることで精一杯で、金子のことなど頭にございませんでした」

「伝兵衛はその時、どれぐらい金子を持っていたかは分かりますか。調べたところ、奥様以外にも二人の女人に両替を頼んだらしく、すべてで三百両だと思うのですが」

「はい。そのようなことは言っていました。あの時、伝兵衛は大きな風呂敷を持っていましたので、それに二百両は入っていたと思います。ほかの二人が誰かは分かりませんが、伝兵衛はその二人のことも、私と同じように脅かし、強請っているようでした」

「伝兵衛は相当酷い奴だな……恨みを買って当然だ」

思わず本音をこぼす隼人の隣で、里緒とお竹も大きく頷いた。

「本当に酷い男でした。……せっかく穏やかな幸せを摑んだといいますのに、あんまりですよ」

隼人は多江を見つめた。

「奥様、はっきり申し上げます。遺体を検めた結果、頭を殴られたのが致命傷だったのです。つまり伝兵衛は、奥様に刺されたことで死に至った訳ではないのです。真の下手人はほかにいます」

多江は目を瞠り、言葉を失う。隼人は苦い笑みを浮かべた。

「伝兵衛を刺した時に血が噴き出したゆえ、奥様は驚き、自分が殺してしまったと思われたのでしょう。しかし、刺し傷というのは、浅いほど血が出るものなのです。伝兵衛の傷も実際、浅いものでした。それで私は、刺しても殺しきれなかったので、頭を数回殴って絶命させたのだと判断したという訳です」

「そうだったのですか……。私は誓って刺しただけです。殴りはしていません」

多江の話が本当ならば、多江が去った後に、何者かが次に来て、まだ生きていた伝兵衛の頭を殴って殺し、三百両を奪ったということになる。隼人は首を捻った。

——いったい誰がやったのだろう。次に来たのは……あとの二人のうちの、どちらかなのだろうか。女師匠のしのぶか、油問屋の内儀のお節か。

隼人は多江を真っすぐに見た。

「必ず真の下手人を探し出しますので、決して早まらないでください」

「はい」

多江は頷いた。

雪月花を出る時、隼人は里緒に頼んだ。

「多江殿を、暫くこちらに留めて、注意しておいてほしいのだが。……お願いできるだろうか」

「かしこまりました。責任を持って、多江様をお預かりいたします」

里緒に微笑まれ、隼人は眩しそうに目を細める。

「申し訳ない。いつもお願いしてばかりで。奥方の気持ちが落ち着くまででよいのだ。冷静には見えるが、まだどこか不安定だろうからな」

「分かっております。多江様のことは注意しておりますので、真の下手人を必ず挙げてくださいね」

「うむ。必ず捕まえてみせる」

隼人は里緒に約束した。

第五章　美人女将の鶯餅（うぐいすもち）

一

　里緒には笑顔を見せたものの、隼人は気落ちしていた。女たちを苦しめる事件が許せなかったのだ。だが、真の下手人を挙げるには、情に流されてもいられない。

　――とどめを刺したのが多江殿でないとすると、やはり怪しいのは、しのぶかお節だ。……あるいは。

　隼人は、現場の近くに笛が落ちていたということを思い出した。

　――坂松堂も疑わしい。あいつは伝兵衛と接点があったのだから、江戸に出てきていることを、何かの伝手（つて）で知ったということも有り得る。それでこっそり様子を窺っていたのかもしれねえ。そして稲荷での金の受け渡しと、その後の凶行を目撃してしまった。伝兵衛が多江殿から受け取った金子は、刺された衝撃で伝兵衛の手から落ち、地面にばら撒かれた。出血が多かったので、坂松堂は伝兵衛がてっきり死んだと思って、金子を拾いに出ていった。しかし、伝兵衛はまだ息があった。そこで頭をぶん殴ってとどめを刺し、金を奪って逃げた。その時、慌てていたので、愛用している笛を落としちまった。……それならば辻褄(つじつま)が合うぞ。

隼人は半太と亀吉を呼び、伝兵衛が殺された刻限に、しのぶとお節がどこで何をしていたかをしっかり調べてもらうよう頼んだ。

「俺はその刻限に、坂松堂が本当に吉原の妓楼(ぎろう)にいたのか、確かめてくる。……それと、お前らが知っている岡っ引きの中で、近頃、やけに羽振りがいいような者はいねえか」

半太と亀吉は顔を見合わせ、首を傾げた。

「いえ、特に聞きませんが」

「そうか。現場に落ちていた笛は、拾った子供の話から、呼子笛と思われる。呼子笛はお前たち目明(めあか)しが持っていることが多いからな。だから、もしやと思ったんだ。亀吉、お前もいつか、そんなことを言ってたよな」

亀吉は頷いた。

「分かりやした。様子のおかしい奴がいねえか、岡っ引き仲間にあたってみやすよ」

「頼んだぞ」

「あ、でも旦那、おいらと亀の兄いは違いますからね。おいらたちは悪いことなんてできませんので。信じておくんなさい」

隼人は笑いながら半太の肩を叩いた。

「分かってるぜ。お前らを疑う気持ちなんて、これっぽっちもねえよ。俺はこう見えても、人を見る目は確かなんだ。お前らを信用しているからこそ、こうして力添えしてもらっているのさ」

「あ、はい。安心しました」

「旦那にそう言ってもらえると、嬉しいですぜ。張り切っちまいやす」

半太と亀吉は、笑顔で声を揃える。

「では、探って参ります」

「おう、頼むぜ。無事解決したら、また旨いものでも食おうな」

二人は隼人に一礼し、駆けていく。それを見送ってから、隼人は吉原へと向かった。

山谷堀で猪牙舟を下り、日本堤を通って、大門を潜る。この時季は店の前に卯の花を飾っているところが多く、真白に染まる吉原の眺めは壮観だ。

坂松堂が居座っていたという大見世〈扇屋〉は江戸町一丁目にあり、大門の近くだった。隼人は面番所に顔を出し、吉原に駐在している隠密廻り同心の許しを得て、扇屋に聞き込みにいった。惣籬の紅殻格子、立派な構えの店である。

「絵師の坂松堂彩光のことで、ちょっと訊きてえんだが。こちらへよく来ていると聞いたんでな」

朱房の十手を覗かせると、番頭は目を瞬かせながら隼人を中へ通した。隼人は内証で店の主人と内儀に話を聞いた。

「今月五日、坂松堂は本当にここから一歩も出なかったのか。午後から雨が降り、夕刻頃いったん止んだものの、五つ頃からまた降り続いた日だ。翌日は雷雨にもなったが、その時のことを覚えているか」

「はい。あの日は、坂松堂様は部屋に籠って花魁を描いていらっしゃいましたよ。翌日までずっと。板元のお仕事とのことで、煮詰まっていらっしゃるようでした。……あの時、店をいったん出ていってまた戻っていらしたなどということは、なかったと思うのですが」

　主人は腕を組み、首を傾げる。内儀が番頭を呼んできたので、隼人は同じことを訊ねてみた。すると番頭もあっさり否定した。

「私はいつも店先で目を光らせておりますので、お客様の出入りはすべて把握しております。坂松堂様は、あの日はここから一歩も出ておりません。あの日だけでなく、今月朔日にこちらへいらしてから、出ていかれる七日まで、坂松堂様は閉じ籠ってひたすら描いておられました。板元の錦屋様が一、二度、様子を見にいらしたことはございましたよ。でも、坂松堂様がここを離れたということはございません。番頭である私が断言いたします」

「そうか……」

　隼人は押し黙ってしまった。

　——これだけの証言があるのならば、坂松堂は真にここに留まっていたのだろう。扇屋の者たちが、偽証をしてまで坂松堂を庇う謂れはないだろうしな。

　隼人は一応、その刻に坂松堂に描かれていた花魁の雪路にも話を聞いてみた。昼間なのでまだ着飾ってはいないが、それでも充分に艶めかしく、美しい。色白の雪路は、白い猫を抱いていた。

「あの日、坂松堂の先生は、ずっとわちきを描いていらっしゃいましたよ。途中でどこかへ出かけたなんてことは、ありません。あの先生、絵を描き出すと夢中になってしまうのですもの」

雪路はなにやら思い出したように、くすくす笑う。白猫も甘い啼き声を上げた。

「それほど熱中するのか、坂松堂は」

「ええ。あの先生、変わったお人で。あの日もその刻、わちきは笛を吹かされておりました。先生は、描いている女が昂(たか)ぶって笛を吹くと、その音に掻き立てられて、いっそう筆が乗るんです。わちき、覚えてます。あの日、雨がずっと降っていて、先生、むすっとしてたんです。わちきが笛を鳴らしても、雨の音に消されて、よく聞こえないって。夕刻になっていったん雨が止むと、笛の音がよく響くようになったので、先生、すっかり乗ってしまって。わちきも調子に乗って、ぴいぴい笛を鳴らしておりました。笛の音は、二階中に聞こえていたと思います。……だから、ほかの部屋にいた遊女たちにも訊いてごらんなさいまし。皆、その日のその刻に、坂松堂の先生の『よろしいっすね』という雄叫(おたけ)びと、わちきが吹く笛の音が響き渡っていたことを、覚えておりますでしょう」

ここまで証言されてしまうと、隼人はぐうの音も出なかった。

――坂松堂が下手人ということはないようだな。あいつはやはり、ただの変わり者といっただけのことか。

隼人は話を聞かせてくれた者たちに礼を言い、扇屋を後にした。

――見込み違いだったか。しかし、坂松堂が思ったより評判がよさげなのは、なにやら癪だぜ。

唇を尖らせ、懐手で仲ノ町を歩いていると、背後で下駄を鳴らす音が聞こえ、何者かが隼人の背中に飛びついてきた。

「うわあっ」

「旦那、お久しぶり。お会いしたかったのよ」

隼人が振り返ると、女は、今度は隼人の首に腕を回してきた。

「ねえ覚えてる、あちきのこと」

背が高く、豊かな躰つきの、華やかな美女である。隼人は女の腕をそっと外しながら、苦い笑みを浮かべた。

「覚えているさ。京町一丁目、〈高嶋楼〉の花魁、咲耶さんだろう」

二年ほど前、ある事件で、隼人は咲耶に聞き込みをしたことがあったのだ。咲耶は顔を明るくさせた。

「覚えていてくれたなんて、嬉しいわ。今日は遊びにいらしたのですか。もしそうなら、うちの店にちょっと寄っていらっしゃいまし」

流し目を送られ、隼人は眉を搔く。

「いや、今日は仕事で来たからよ。またそのうちゆっくり来るぜ。この時分だ、奉行所に戻らねばならねえ」

「それは残念ねえ。まあ、お仕事なら仕方がないわ。近いうちに必ずお顔を見せてくださいましよ。旦那の温もりに包まれてみたいわ……」

咲耶は上目遣いで、隼人の肉付きのよいお腹を撫でる。なにやらぞくっとしたものを感じ、隼人は咲耶の手をさりげなく止めた。

「うむ。それまで元気でいろよ。しかし呼び出し昼三のお前さんにそんな風に言われると、こちらも戸惑ってしまうぜ。俺なんかより、もっと凄い男を日々見ているだろうに」

呼び出し昼三とは、花魁道中をする、最高の位の花魁のことである。

「あら、金子を頂戴する男と思いを寄せる男は、まったく別よ。ねえ、旦那さえよければ、あちきの間夫になってみません」

隼人は咲耶の肩に、そっと手を置いた。

「俺にはもったいないような言葉だ。お前さんの間夫になりてえ男は数多いるだろうからな」

「ふふ。こちらにだって選ぶ権利はありんすから。旦那、その件、よく考えておくんなんし」

「考えておくぜ」

しどけなく身を寄せてくる咲耶をさらりとかわし、隼人は吉原を去っていった。


隼人は秋草稲荷で半太と亀吉と落ち合い、それぞれから報せを聞いた。

「伝兵衛が殺されたと思しき刻限、小貝しのぶは、近くの料理屋の座敷で行われた句会に出席していたことが分かりました。句会の仲間たちが口を揃えて証言してます。料理屋の女将や仲居も、しのぶはその日、雨が激しくなる前の五つ半まで句会に出ていて、厠に一度立った以外は部屋にずっといたと証言しました。厠からもすぐに戻ったようです」

半太の調べを聞き、隼人は腕を組んだ。

「そうか。ならば、しのぶには証があるということだな。……亀吉、お節のほうはどうだった」

「はい。お節は五日のその時分、店の中で采配を振るっていたそうです。店の手代と女中から聞き出しやした。お節も一歩も外に出ていないということです。手代から聞いて、その刻に店を訪れたお客のところにも話を聞きにいきやしたが、お節が店にいたことは間違いないようです」

「そうか。いつも店にいて立ち回っている者が、手代たちにまったく気づかれずに、日本橋からこの辺りまで人を殺しに来て帰るってのは、やはり無理だよな。それも天気が悪い時だったのなら、なおさらだ」

隼人は考え込んでしまった。

——その二人でないとすると、誰がやったというのだろう。だが……しのぶはともかく、お節の場合、証言しているのは店の者で、いわば身内だ。その刻に買いにきていた客というのも、店の者に頼まれて、口裏を合わせているってことはねえだろうか。

顎をさすりつつ、隼人は命じた。

「証言は摑めたようだが、二人とも引き続き、しのぶとお節を見張っていてくれ。お節には特に注意してほしい。もしかすると、しのぶ、あるいはお節のどちらかが、何者かに頼んで、伝兵衛を殺させたということもありうる。自らは手を汚さなくともな」

半太と亀吉は顔を見合わせた。

「ああ、確かにありえますね」

「分かりやした。誰かと通じ合ってないか、男関係のほうも洗ってみやす」

「うむ。よろしく頼んだぞ」

陽射しが傾き始める中、三人の男は頷き合った。

その夜、五つ前に奉行所を出た隼人は、ふらりと雪月花を訪れた。預かってもらっている多江の様子を窺いにきたのだ。隼人は里緒の部屋に通され、お茶を出された。

「すまんな。いつも突然現れちまって。忙しい時分というのによ」

「いえ、夕餉の刻も過ぎて、落ち着いたところです。この時分にご訪問いただくのは、歓迎なのですよ」

里緒の優しい笑顔に、隼人の心は癒される。隼人はお茶を啜り、息をついた。

「ああ、躰に沁みるようだ。旨い。……ところで、多江殿はあれからどんな様子だったかい」

「ええ。落ち着いていらっしゃいますよ。二階のお客様用のお部屋にいていただこうとも思ったのですが、一人にするのはまだ危ういような気もして、お竹さんのお部屋で休んでもらっております。今もお竹さんがついていておりますよ」

「そうか。お竹さんに目を光らせてもらっていれば、安心だ。皆の心遣いに、礼を言う。ありがとうよ」

　里緒は首を振った。

「いえ。本当は私の部屋にいていただくべきなのです。でもお竹さんが言うには、多江様と私は歳が近いから、多江様が却って気を遣うのではないか、って。それでお竹さんのお部屋に、ということになったのです。……でも、それでよかったのかもしれません。多江様、お竹さんに少しずつ心を開いていらっしゃるみたいです。お竹さんが夕餉を運ぶと、お竹さんとお話ししながら残さず召し上がりましたから」

「おお、それはよかった。こちらの料理は旨いからな。心配事があろうとも、その魅力に抗えなかったのだろう。そうか、食欲があれば大丈夫だな」

　隼人は安堵してお茶を啜る。里緒は、隼人の横顔を見ていた。

「お優しいのですね。人の心を察してさしあげて」

「いやあ……そんなことはねえぞ。優しいことを言ってばかりでは、下手人を捕まえることなどできねえからな。時には厳しくならざるを得んのだ。悲しいけれどな」

「真の下手人の目星は、おつきになりましたか」

「うむ。俺は、三人が怪しいと思った。多江殿と同じく伝兵衛に脅かされていたであろう、女師匠の小貝しのぶと、油問屋の内儀のお節。そして、彼女らの妖し絵をかつて描いた、絵師の坂松堂だ。だが、調べてみたところ、坂松堂には確かな証があって、どうやら違うようだ。しのぶとお節も、それぞれ、伝兵衛が殺された刻限に、どこで何をしていたのか証があった。すると……一体、誰がやったというのだろうか。考えられるのは、しのぶ、もしくはお節が、誰かに頼んで伝兵衛を殺してもらったってことだ。その線で探索を進めているが、果たして探り当てることができるかどうか」

溜息をつく隼人に、里緒は微笑んだ。

「大丈夫ですよ。きっと何か、探索の糸口が見つかります」

「だといいのだが。……一番嫌なのは、たまたま多江殿が伝兵衛を刺したところを目撃した者が、金子を横取りするついでに伝兵衛を殺して逃げちまった場合だ。

そのような、通りすがりの者の犯行というのが、最も探索が難航するんだよ」

「それはご尤もですね。……でも」

里緒は指を顎に当て、小首を傾げる。

「うん。何か気づいたことがあるのか」

「いえ。たまたま、というのは、偶然ということですよね。偶然、その時、稲荷の傍にいた者ということでしょうか。何かをしに、稲荷にやってきた者……」

「雨が少しあがった隙に、稲荷にお参りにきた奴かもしれんな」

隼人は苦い笑みを浮かべる。里緒は唇を尖らせた。

「あの時、伝兵衛さんが殺されるのを見た清太郎さんは木の枝に文を括りつけに稲荷を訪れていたと言っていました。真の下手人の影にまったく気づいていないと思われます。その清太郎さんが、真の下手人さんは、嘘などはついていなかったのです。とすると、真の下手人はどこかに潜んでいたのではないでしょうか。単にお参りなどに来た訳ではなかったのです……きっと」

隼人は里緒の横顔を見つめた。

「うむ。そう考えると、通りすがりのような、通りすがりでもないような、微妙な者の犯行に思えてきて、ますます難しい。ああ、なんだか頭がこんがらがって

いう

きたぞ」

頭を抱える隼人に、里緒は嫋やかに微笑む。

「隼人様、少しお待ちくださいね」

しなやかに立ち上がり、里緒は部屋を出ていった。お茶を啜りながら、隼人は部屋を見回す。

――女人の部屋を不躾に見るのは失礼か。

心では分かっていても、つい眺めてしまう。綺麗に整えられた部屋には、いつも馨しい薫りが漂っている。

――やはり女人というのはいいものだな。……いや、里緒さんがいい、というべきか。

一人で照れ笑いをしていると、里緒が皿を運んできた。白磁の皿には、よもぎ色の鶯餅が載っていて、隼人は目を瞠った。

「これは見目麗しい。本物の鶯のようだ。木の枝に置いておけば、間違えるぜ」

「お疲れの時は、甘いものがよろしいかと思いまして。求肥で漉餡を包んで作りました。でき立ての鶯餅をお召し上がりください」

隼人はさらに目を見開いた。

「ま、まさか、これも里緒さんが作ってくれたのかい」

里緒は照れ臭そうに肩を竦めた。

「はい。私、小さい頃から鶯餅が大好きで、よく母に作ってもらっていたんです。好きが高じて、母に教えてもらって自分でも作るようになって。慣れれば割とすぐに作れてしまうんですよ」

隼人は目を瞬かせながら、里緒と鶯餅を交互に見た。

「いやあ、感激だなあ。鶯餅は、俺も大好物だ。早速いただこう。……食べるのがもったいないような気もするが」

楊枝で切って、口に運ぶ。寒晒粉から作られる求肥のもちもちとした食感と、中から蕩け出る滑らかな漉餡の甘味、求肥に練り込んだよもぎの爽やかな味わいが相俟って、隼人の舌に大いなる喜びをもたらす。隼人は眦を下げて、相好を崩した。

「堪らねえなあ、これは。青きな粉に餡とよもぎの組み合わせは最高だ。上品でありつつ、素朴さもあって、気を失いそうな旨さだぜ」

隼人は、目を細めて嚙み締める。里緒は胸に手を当てた。

「よろしかったです、お気に召していただけて。隼人様、甘党でいらっしゃるのですね」

「うむ。旨いものはなんでも好きだが、甘いものは特にな。俺は酒が弱いので、代わりに甘いものを味わうって訳だ」

「そうなのですね。私と同じですわ。私もお猪口一杯で顔が真っ赤になって、酔ってしまうのです」

「はは、俺も同じだ。盃一杯で目が廻ってくる」

鶯餅を前に、二人は微笑み合う。隼人はすぐに一つを食べ終え、二つ目の鶯餅に手を伸ばした。

「もちもちと実に旨い。里緒さんの母上に感謝するぞ。これほど美味な鶯餅の作り方を里緒さんに伝授してくださったのだからな」

嬉々として頬張る隼人を眺めつつ、里緒はお茶を注ぎ足す。

「私、鶯が好きなんです。あの啼き声が、なんとも心地よくて。子供の頃はよく、父に買ってもらった、鶯の音色が出る鳥笛を吹いておりました」

鶯餅を食べる隼人の手が止まる。顔つきが変わった隼人に、里緒は目を瞬かせた。

「どうかなさいましたか」

隼人は、伝兵衛が殺された現場の近くに落ちていた笛のことを、再び思い出したのだ。

「そうか……鳥笛か」

呟き、隼人は里緒を真っすぐに見つめた。

「里緒さん、ありがたい。おかげで、謎の下手人の目星がついたように思う。里緒さんが作ってくれた、この鶯餅のおかげだ。頭が回るようになったぜ。感謝の限りだ」

隼人は急いで残りの鶯餅を食べると、立ち上がった。

「長居してしまい、申し訳ない。女人の部屋に俺のようなむさ苦しい男が遅くまでいるものではないので、これで失礼する。里緒さんの心遣いで、明日も頑張れそうだ」

隼人は里緒に繰り返し礼を述べ、去っていった。隼人を見送った里緒は、仄かに灯る軒行灯の前で首を傾げた。

「いったいどうしたというのかしら。……まあ、下手人がお分かりになったようだから、よかったけれど」

里緒は笑みを浮かべて、息をつく。細い三日月が夜空に浮かび、隅田川の水面は揺れていた。

　次の日、隼人は、秋草稲荷で笛を拾った良助のもとを再び訪ねた。隼人は鳥笛を見せて、良助に訊ねた。鳥笛は呼子笛とよく似た形だが、微妙に違う。なにより鳥笛は、吹き方によって鳥の啼き声にそっくりの音を出せるのだ。

「坊やが拾ったという笛は、これではなかったかい。もしくは、これに近いような笛だったのではないかい」

　良助は、隼人が差し出した鳥笛を、じっと見つめる。

「吹いてみてもいいよ」

　隼人が渡すと、良助はおずおずと鳥笛を吹いた。ぴい、ぴい、と笛の音が響く。何度か吹いた後、良助は頷いた。

「うん。これだ。おいらが拾った笛はこういうのだったよ。この前のじゃなくて、こっちだ。何度も鳴らすと、鳥の啼き声みたいな音を立てたんだ。それが面白かったんだよ」

「そうか……。坊や、どうもありがとうな。坊やのおかげで、悪い奴を捕まえることができそうだ」

隼人に頭を撫でられ、良助は目を細めた。

隼人は推測した。

──多江殿の後に来て、伝兵衛を殴って殺めたのは、恐らくは鳥刺しだ。

鳥刺しは、鷹の餌を獲る時、竿先にとりもちを塗って、鳥笛を吹いて、飛んでくる小鳥を刺す。小鳥をおびき寄せる鳥笛は、鳥刺しにとっての必需品なのだ。

──きっと、その鳥刺しは、伝兵衛を殺めた後で動転して、鳥笛を落としちまったんだ。それに気づいて拾いに戻ったところ、子供が持っているのに気づいて、取り返したのだろう。

多江の夫である北詰修理は、御肴青物御鷹餌耳掛与力を兼任しており、この職は鳥刺しの監督もする。

──その鳥刺しは、恐らく北詰様の奥方である多江殿のことを以前から知っていたんだ。あの時、何かの訳があって、密かに跡を尾けていたのかもしれねえ。

……そして多江殿が伝兵衛を刺すところを目撃してしまった。その時、伝兵衛は、多江殿から受け取った金子をバラバラと落としたんだ。それを見て、鳥刺しは悪心を起こしたのだろう。多江殿が逃げ去った後で、伝兵衛の頭を大きな石で殴って絶命させ、金子を奪って逃げたに違いねえ。

隼人の目が鋭く光った。

その推測を半太と亀吉に話すと、二人とも顔つきが引き締まった。

「凄いですぜ、旦那。そのとおりかもしれやせん」

「そういえば……おいら、多江様を見張っていた時、一度、鳥刺しを目撃したことがありました。そいつ、北詰様の役宅の垣根越しに、多江様を眺めていたんです。お報せせず、たいへん申し訳ありませんでした」

半太はバツの悪そうな顔で、頭を下げる。

「いや、過ぎ去ったことだ、気にせんでいい。それより、その鳥刺しは、どんな奴だった」

「はい。歳の頃は、二十六、七でしょうか。日焼けして、結構がっしりしていました。あと、顔が長かったような」

「馬面(うまづら)ってやつか。それなら探せば分かるかもしれねえな」

「はい。おいら、実際に見ましたから、探して参ります」

意気込む半太の肩を、隼人は叩いた。

「頼もしいぜ、半太。任せるぞ、しっかり探し出してくれ。鳥刺しは小石川(こいしかわ)の拝領屋敷に住んでいる。富坂町の辺りだ。あそこは元禄の頃までは餌差町という名だったからな。少し遠いが、あの辺りを洗ってみてくれ。何か摑めるかもしれん」

「かしこまりました。直ちに向かいます」

半太は笑顔で、威勢のよい声を上げる。隼人は頷き、亀吉を見やった。

「お前も一緒に行ってくれ。二人で探してくれれば、半分の時間で見つかるだろうからな」

「かしこまりやした。おい、半太、早速向かおうぜ」

「よしきた、兄い」

半太と亀吉は隼人に一礼し、足取り軽く、駆け出していく。隼人は腕を組み、手下二人の後姿を、頼もしげに眺めるのだった。

その日の夜四つ（午後十時）過ぎ、隼人の役宅へ、半太と亀吉が報せを持ってきた。隼人は二人を中に通し、話を聞いた。

「多江様を窺っていた鳥刺しは、八十助という男と思われます」

「ほかの鳥刺しに聞き込んだところ、どうやら八十助は多江様に憧れていたようです。まったく立場を弁えねえといいやすか」

亀吉は顔を顰める。隼人は顎をさすった。

「八十助が多江殿に憧れていたってえのは、本当なんだな」

「はい。同輩の者たちは、そのように言っていやした。北詰様は配下の者たちの面倒見がとてもよいとのことで、北詰様の役宅で新年会を開いたことがあったそうです。その時、多江様が淑やかに立ち居振る舞われたそうで、八十助はその姿にぼうっと見惚れていたと言いやす。多江様に親切にされたら、八十助は舞い上がっちまって、仲間にからかわれたそうですぜ」

「八十助は、よく言っていたそうです。多江様は俺たちみたいな小者にも分け隔てなくお優しく接してくださる、菩薩様みたいな人だ、と。実際、多江様はとてもよいお人柄のようです。ほかの鳥刺したちも口を揃えていました」

「それゆえ、八十助が多江様に憧れる気持ちは分かる、などと言ってる者もおりやした」

「そうか……」

隼人は腕を組み、黙ってしまう。半太と亀吉は、隼人の顔を覗き込んだ。

「どうかなさいやしたか」

「あ、いや、なんでもねえ。詳しく調べてくれて、礼を言うぜ」

半太が膝を乗り出した。

「それでですね、旦那。このようなことも摑んで参りやした。伝兵衛殺しがあった五日は、ちょうどお鷹馴（たかならし）の帰りで、鷹匠や犬牽（いぬひ）きたちとともに、鳥刺したちも内藤新宿に泊まっていたそうです」

お鷹馴の場は江戸の郊外なので、その時は江戸四宿のどこかに泊まることになるのだ。

「多江様も両替をするために、五日に内藤新宿にいたのですよね。ならばその時、町中で八十助が偶然、多江様を見かけたということもありえやすよね。両替屋に入って、出てくるところを目撃したとか」

「それで多江殿の様子がなにやらおかしいので、尾けていったという訳か」

「そうです。ほかの鳥刺しの話だと、八十助はその日、午過ぎから姿が見えなくなって、夜四つ（午後十時）近くになって戻ってきたといいます。多江様を尾け、伝兵衛を殺して内藤新宿へ戻れば、それぐらいの刻限になります」

ちなみに内藤新宿から日本橋まではおよそ二里（約八キロ）である。隼人は考えを巡らせた。

——その距離ならば、多江殿は恐らく途中で駕籠に乗ったであろう。すると、却って尾けやすかったかもしれねえな。

亀吉も膝を乗り出した。

「これはもう、「うむ。八十助が下手人で決まりじゃねえかと」

八十助は遅くに戻ってきた時、どんな様子だったのだろうか。三百両を持っていたはずだが、それはどこに置いていたんだろう」

半太と亀吉は顔を見合わせた。

「戻ってきた時は、ほとんどの者が部屋で雑魚寝をしていたそうです。八十助に

気づいた者が、勝手にいなくなったりすると怒られるぞと声をかけたら、ごめん

と謝りながら布団に潜り込んでしまったと言っていました」

「八十助は、翌日はいつもと変わらない様子だったそうですぜ。でも……本当に、

荷物はどうしたんだろう。三百両を入れた荷物を、雑魚寝するような場所に置い

ておくもんかな」

「八十助は金をどこかに隠してから、戻ったんでしょうか」

顎をさすりながら二人の話を聞いていた隼人は、息をついた。

「ご苦労だった。それだけ証言があれば、八十助を引っ張ってきて、話を聞くこ

とができるだろう。お前らの働きのおかげだ。礼を言うぜ」

隼人に深々と頭を下げられ、半太と亀吉は照れた。

「そ、そんな。これぐらい調べるのは、岡っ引きとして当然のことです」

「しっかり調べたつもりでも、金が詰められた荷物のことなんかは、うっかり訊き落としちまうんですから。まだまだですぜ、あっしら」

鼻を擦る二人に、隼人は微笑んだ。

「いや、なかなか見事なものであったぞ。探索が一気に進んだような手応えを感じるぜ。……二人とも、腹が減っただろう。といっても俺は料理ができんし、下男を起こすのも悪いし、今の刻じゃ仕出しは取れん。だがな、とっておきの煎餅と饅頭があるのよ。それを好きなだけ食っていってくれ」

「さすが旦那。ご馳走になります」

「あっしは、お茶を淹れやすぜ」

夜更けに、男やもめの役宅で、同心と岡っ引き二人がお茶を啜って、菓子を味わう。海苔煎餅、塩煎餅、醤油煎餅に、ざらめ。黒饅頭と白饅頭には、ともに餡がたっぷり詰まっている。ばりばり、むしゃむしゃ。夜更けの役宅に、食む音と、男たちの笑い声が響いた。

二

次の日、早速、隼人は半太を連れて小石川へと赴いた。鳥刺したちの拝領屋敷を訪ね、話を聞かせてもらおうと、八十助を近くの番所へと引っ張っていった。八十助は項垂れ、抵抗することもなかった。

隼人は八十助と向かい合った。

「正直に答えてくれ。今月五日の夕刻、浅草の稲荷で北詰多江殿が会っていた男を殺めたのは、お前さんかい」

八十助は躊躇いもなく頷いた。

「はい。私が殺りました。お縄をかけてください」

静寂が訪れる。覚悟していたのだろう、八十助の声には清々しささえあった。

隼人は八十助を見据えた。

「そうか。理由を話してくれんか。どうして殺ったんだ」

八十助は俯いたまま、ぽつぽつと答えた。

「あの男が、奥様にしつこく食いついていたのです。脅かしているようでした。

奥様は、もう許してくださいって泣いているのに。あいつ、奥様に抱きつこうとまでしやがって。……許せなかったんです。あんなにお優しい奥様を苦しめる、あいつが。それで、奥様があいつを振り切って逃げた後で、私が出ていって、あいつを刺して、近くにあった大きな石で頭を殴って殺したんです」

「刺したのも、お前さんだというのだな」

「はい。私です」

隼人の隣で、半太が首を傾げている。隼人はさらに八十助を見据えた。

「それはおかしな話だ。多江殿が白状しているのだがな。あの男……田中伝兵衛を刺したのは自分だと。だが頭を殴ったことは覚えがないようで、それでこうして探りを入れ、お前さんを突き止めたという訳だ」

八十助は顔を上げた。膝の上で握った拳が、微かに震える。隼人は畳みかけた。

「お前さんが多江殿を庇いたい気持ちはよく分かった。だが、刺したのがお前さんでないことは明らかだ。いいか、嘘なんかつくんじゃねえぞ。嘘をついても、分かるからな。……お前さんは、多江殿が伝兵衛を刺して逃げた後、出ていったんだ。伝兵衛は出血が多かったけれども、傷が浅かったので死ぬような気配はなかった。倒れたものの、むくりと躰を起こしたに違いねえ。そこでお前さんは、頭を殴ったんだ。憧れの多江殿を苦しめる伝兵衛が許せず、とどめを刺すつもりで」

八十助は項垂れつつ、大きく頷いた。

「……仰るとおりです。殺したのは私なのです。奥様は少し傷つけただけだったのです。すべて私が悪いのです。だからどうか……」

八十助は唇を噛み締め、目に涙を滲ませる。隼人は声を和らげた。

「多江殿はそれほどいい人だったのか」

「はい……私のような小者にも、いつも親切にしてくださいました。私だけではなく、鳥刺しの皆にも。その優しさも、決してうわべだけのものではなくて、内面から滲み出ていらっしゃるようで、温かいのです。本当に素敵な方なのです」

八十助の切々とした思いを聞きながら、隼人は思った。

——多江殿はご自分が苦労されていたゆえ、北詰様の奥様になられてからも、誰にでも分け隔てなく優しい心で向き合っておられたのだろうな。

隼人は顎をさすりながら、洟を啜る八十助を眺める。

「どうしても自分が殺ったと言い張るのだな。では訊こう。お前さんは、伝兵衛の頭を何度殴ったかい」

八十助は一瞬、躰を硬直させた。目を泳がせ、少しの間の後、八十助は答えた。

「一度、いえ、二、三度殴ったような……。申し訳ありません、昂ぶっていたので、よく覚えておりません」

「ふむ。絶命するまで続けて殴ったということか」

「あ、はい。そうです」

「おかしいなあ。頭の傷は一箇所だけだったのだが。一度で絶命させたのか」

「あ……そうでした。殴ったのは一度だけです。はい」

「なるほど。思い出したようだな。では頭のどこらへんを殴ったんだ」

八十助は再び目を泳がせる。額には微かに汗が滲んでいた。

「はい……確か、頭のてっぺんです。大きな石で、がんと殴りました」

「そうか。そこ以外には殴ってねえよな。殴ったのは一度だけだと、はっきり言ったものな」

「あ……はい」

隼人は八十助を見つめ、にっこりと笑った。

「なにやら変だぞ。専門の者に遺体を検めてもらったのだがな、風府(ふうふ)という急所を殴ったのが致命傷となったのだ。風府ってのは盆(ぼん)の窪(くぼ)の上にあるところでな、そこを殴られたりすると卒中を起こすことがあるんだ。頭のてっぺんを殴られて死んだのではなかったんだよ、伝兵衛は」

八十助は目を見開き、言葉を失ってしまう。隼人は頭を掻いた。

「すまん、お前さんに嘘をつくなと言いながら、俺も嘘をついちまった。伝兵衛は頭を数箇所殴られていたんだ。お前さんが殴ったのであろう頭頂部にも、確かに傷はあった。しかしそれほど深い傷ではなかったんだよ。言ったように、伝兵衛が死に至ったのは、風府を強い力で殴られたからだ。……どうだ、お前さんは、それでも自分が伝兵衛を殺したと言い張るのかい」

「あ……え……その」

しどろもどろになる八十助に、隼人は別の質問をした。

「では、金はどこにやったんだ」

「え……」

「伝兵衛から盗んだ金だよ。下手人は奴を殺しただけでなく、金も奪っていったからな。それはどうしたんだ」

「あ、ああ。……えっと、使ってしまいました」

額の汗を手で拭う八十助を、隼人は睨める。

「そうか、もう使っちまったのか。で、お前さんが盗んだのは、いくらぐらいだった」

「あ、えっと……どれぐらいでしたっけ」

「それも忘れたというのか」

「あ、はい……その」

八十助の声は消え入りそうになってくる。隼人はついに凄んだ。

「もうこれ以上嘘をつくんじゃねえ。お前さんは伝兵衛の頭を一度だけ殴り、気を失った奴を見て、死んだと思って逃げたんだ。金を奪ったというのも大嘘だ。もしや多江殿に盗みの罪がかかるかもしれねえと危惧して、また庇おうとしたんだろう。すべて自分がやったことにしてな。お前さんは金のことなど眼中になかったに違いねえ。……伝兵衛にとどめを刺して、金を奪って逃げた奴は、ほかにいるってことだ。お前さんでも、多江殿でもなくな」

八十助の目が再び見開かれる。半太も慌てた。

「えっ、旦那。そういうことになってしまうんですか。つまりは、伝兵衛はあの日、二人の者に殺されかけて、三人目にとどめを刺されたと」

「うむ。そういうことだ。……まあ、伝兵衛に傷を負わせたのであるから、お前さんと多江殿も罪を償うことにはなるだろうが、重罪にはならんだろう。伝兵衛自身にも罪があるからな。だが、伝兵衛にとどめを刺して金を奪った者は許されんぞ。なんとしてでも、そいつを見つけなければならん」

「恐れ入りました。嘘をついて申し訳ございませんでした」

腕を組む隼人の前で、八十助は平伏した。その後は、八十助は何があって何を目撃したか正直に話したが、おおよそ隼人の察したとおりだった。あの日、内藤新宿を訪れていた八十助は偶然にも、両替屋から出てきた多江を見かけた。多江は酷く憔悴した様子で、顔色が悪く、八十助は無性に心配になって尾けてしまったという。そして目撃した訳だが、八十助は伝兵衛を殴った後、慌てて走り去ったので、その後に来た三人目はまったく見ていないようだ。落とした鳥笛を良助から奪い返したのは、やはり八十助だった。

隼人は八十助を連れて奉行所へ戻り、探索の経過と、多江のこともすべて、上役同心に報告した。先輩同心である鳴海は、黙って話を聞き、苦々しい顔をした。

「多江殿の処罰は、内々に済ませることになるだろう。しかし、拙いことに巻き込まれてしまったものだ。北詰様の奥方ならば、こちらも気を遣うしな」

「まことに。多江殿にはお気の毒というほかございません」

隼人も項垂れる。

「それで多江殿は、雪月花と申す旅籠におられるのだな」

「はい。一昨日より預かってもらっております」

「うむ。家に戻らねば北詰様が心配されるであろうから、私が付き添って、取り敢えず帰させよう。そして私が直に北詰様と話をする」

「よろしくお願いいたします。多江殿は落ち着いていられるようなので、ご帰宅なされても、もう大丈夫と思われます」

隼人は鳴海に一礼する。

「それで真の下手人は、挙げられそうか」

「はい。……必ず、見つけ出します」

鳴海の目を見て、隼人は頷いた。

その後、隼人は鳴海を連れて雪月花に向かい、鳴海と多江を引き合わせた。鳴海に説得されて多江はいったん役宅に戻ることになった。雪月花を去る前、多江は里緒たちに丁寧に礼を述べた。

「お世話になりました。弱っておりました私に、温かなお心遣い、まことにありがとうございました。胃ノ腑に優しいお食事も。……女将さんが作ってくださいましたお汁粉、本当に美味しかったです。あのお汁粉のおかげで、心が落ち着きました。私にとって忘れられぬ味になりました。ご馳走様でした」

深々と頭を下げる多江に、里緒は躊躇(ためら)いながら礼を返した。

「そんな……。何もお構いできず、申し訳ございませんでした。お心遣いのお言葉、痛み入ります。多江様、また是非いらしてくださいね。お待ちしております」

里緒と目が合い、多江は唇を微かに震わせる。多江は小さく頷き、再び礼をして、ゆっくりと立ち上がった。

多江は鳴海と隼人に連れられ、里緒やお竹、吾平たちに見送られて、雪月花を後にした。

隼人が奉行所で待っていると、北詰と話し合った鳴海が戻ってきた。懸念していたことを隼人は訊ねた。

「北詰様、相当お怒りだったでしょうか」

「いや……ひたすら悔しそうでいらっしゃった。正直に話してくれれば、そのような腐った奴など私が斬り捨ててやったのに、と」

「そうですか」

言葉に詰まった隼人を、鳴海は真っすぐに見た。

「北詰様は苦渋の面持ちで仰った。多江殿とは多くを語らずとも分かり合える仲だと思っていたが、それは己の勝手な思い込みだったのかもしれない、とな」

隼人は拳を握った。

――多くを語らずとも分かり合える仲だと思っていた、か。その一言で、北詰様の多江殿への思いが窺い知れる。周りの反対を押し切って夫婦となられたお二人には、お二人にしか分からぬような強い結び付きがあったのだろう。それがこのような結果になってしまうなんて……あまりに無念ではないか。

薄暗い同心部屋の中、ほかの者たちは帰ってしまって、隼人と鳴海しかいない。行灯の明かりが、二人の顔に影を作っている。鳴海は、隼人の肩をそっと叩いた。

その夜、隼人は再び雪月花を訪れた。多江の件で改めてお礼を述べたいこともあったが、鳴海の話を聞いて、どうしてか里緒の顔を見たくなったのだ。

玄関先で、隼人は里緒に丁寧に述べた。

「多江殿を預かってくれたこと、心より感謝申し上げる。多江殿を家に無事に帰すことができたのは、里緒さんたちのおかげだ。本当にありがとう。……これ、よろしかったら召し上がってくれ。いつもご馳走してもらってばかりで、悪いかならな」

隼人に握り鮨の詰め合わせを手渡され、里緒は嬉々とした。

「まあ、私、お鮨、大好きなんです。よろしければ、隼人様もご一緒にいかがですか。ちょっとお上がりになっていらっしゃいません。探索のこと、お伺いしたいのです。……多江様のことも」

隼人は頭を掻いた。

「ここで失礼しようと思っていたのだが」

「あら、早くお帰りになるほうが失礼ですわ。私が上がってください、と申し上げているのですから。さあ、お上がりくださいまし」

里緒の美しい手で袖を摑まれ、隼人は思わずにやける。

「それではお邪魔することにしようか」

雪駄を脱ぎ、上がり框を踏んだところで、隼人は一瞬たじろいだ。お竹、お栄、お初の仲居三人女が、笑みを浮かべて隼人を眺めていたからだ。隼人は軽く咳払いをした。

「夜分にすまぬが、少しお邪魔させていただく。すぐに辞すので、お気遣いなきよう」

仲居三人女は顔を見合わせ、声を揃える。

「いえいえ、どうぞごゆっくり」

里緒は、お竹たちを軽く睨んだ。

「もう。あなたたちが突っ立っていると、隼人様、お通りできないじゃないの」

三人女を振り払いつつ、里緒は隼人を自分の部屋へと通した。

里緒がお茶を運んできて、二人は仲よく握り鮨を摘まんだ。

「皆で食べてもらおうと思って手土産にしたのだが……俺が食べてしまってなにやら悪いな」

「よろしいんですよ。こんなに美味しいものは、二人でこっそりいただいてしまいましょう」

白魚(しらうお)の握り鮨を味わい、里緒は笑みをこぼす。隼人は鯵の握り鮨を頰張り、目を細めた。

「里緒さんの言うとおりかもしれねえな。こっそり味わってしまおう」

二人は微笑み合う。鮨を楽しみながらも、里緒は探索への好奇心を抑えられず、隼人から話を聞き出した。

「では鳥刺しの八十助さんは、真の下手人ではなかったのですね。隼人様は、そのことに気づいていらしたのですか」

「うむ、気づいていた。半太と亀吉から、八十助はどうやら多江殿に憧れていたという話を聞いたからだ。伝兵衛にとどめを刺したか否かははっきり分からなかったが、少なくとも金を盗んだのは八十助ではないと思った。金まで盗んだりしたら、もし多江殿が怪しまれた場合、殺しだけではなく盗みの疑いまでかかることになっちまうからな。憧れている女性（にょしょう）の立場が危うくなるようなことは、いくらなんでもしねえだろうと踏んだんだ。半太たちの話によると、八十助はその時泊まっていた内藤新宿の旅籠に、金を持って帰った気配もなかったようだしな」

「さすが鋭くていらっしゃいます。でも……三人目がいたなんて、意外な展開です。時を近くして三人に襲われるなんて、伝兵衛って相当憎まれていたのですね」

「その三人目ってのがなあ。多江殿ではなく、八十助でもない。ならばいったい誰だってんだろう」

隼人は首を傾げつつ、煮穴子（あなご）の鮨をむしゃむしゃ食べる。里緒は淑やかにお茶を注いだ。

「目星はついていないようですね」

「うむ。やはり……たまたま稲荷の近くにいた者が目撃して、金欲しさに伝兵衛を殺して、奪って逃げたということなのだろうか。それとも、しのぶかお節が、八王子にいた頃から伝兵衛に食い物にされた恨みで、頼んで誰かにやらせたか。それぐらいなんだよなあ、考えられるのは」

里緒は鮃（ひらめ）の鮨を噛み締めながら、首を傾げた。

「しのぶさんとお節さん。私はその二人が殺めたのではないと思うのです」

「それはどうしてだい」

「女の勘なのですが……。その二人が殺めたとしたら、お金を奪っていくことまではしないと思うのです。多江様のように憎しみが勝っていて、伝兵衛を殴った時点で、お金など眼中にないのではないでしょうか。もし冷静さが少しでも残っていて、何かを奪い返す余裕があったなら、お金ではなく、伝兵衛の懐に挟んであった妖し絵のほうを奪い取っていったはずでは。誰かにやらせたとしても、絵は取り戻したでしょう。雨のおかげで消えかかっていましたが、それで足がついてしまうことになるでしょうから」

「そう言われてみれば、そうだなあ。……でも、その二人でないとしたら、いったい誰だ」

隼人は里緒の美しい横顔を見つめながら、腕を組む。里緒は白魚の鮨を再び摘まみ、嚙み締めた。

「私は、伝兵衛にとどめを刺した者は、多江様が両替をしたことを知っていたのだと思います。多江様が伝兵衛を刺した時、その衝撃で伝兵衛は多江様から受け取って手にしていた百両を、恐らく落としてしまったでしょう。それを、目撃していた下手人が拾って逃げるというのは分かります。ですが……下手人は、伝兵衛が風呂敷に包んでいた二百両も奪って逃げているのですよね、確か」

「うむ。風呂敷の中には、一両もなかったからな」

「隼人様。伝兵衛の遺体が発見された時、風呂敷ってちゃんと結ばれたままでしたか。それとも、解けて、ばらけていましたか」

隼人は顎をさすって、思い出そうとする。里緒は答えを待たずに、続けた。

「恐らく、風呂敷はきちんと結ばれていたと思うのです。伝兵衛の風呂敷の中から、うちでお渡ししたお弁当の竹籠が出てきたとのことでした。その竹籠の中に、私が書いた名刺が入っていて、それで隼人様がここを訪ねていらっしゃったのですもの。つまり、字が滲んでしまうほど濡れていなかったということです。それは、風呂敷にちゃんと包まれていたからでしょう」

「ああ、そうだ。風呂敷は二枚重ねで、固く結ばれていたぞ。思い出したぜ」

ぽんと手を打つ隼人に、里緒は微笑んだ。

「人は誰も、お金、それも大金ならば、しっかり包むと思います。伝兵衛だって、二百両を入れていた風呂敷はしっかり結んでいたはずです。それゆえ、刺された衝撃で風呂敷を落としてしまったとしても、風呂敷のほうは中身がばら撒かれることはなかったでしょう。……なのに下手人は、わざわざ風呂敷を開けて、二百両を奪っているのです。つまり下手人は、風呂敷の中にも大金があることを知っていたのでしょう。伝兵衛がその時、三百両を持っていたことに気づいていた者の犯行だと、私は思います。すると限られてきますね」

「でも里緒さんは、しのぶでもお節でもないと言うのだろう。ならば誰だ。……もしや伝兵衛の手下か。主人を裏切ったというのか。それとも伝兵衛とつるんでいた遊び仲間の誰かか」

「いえ、手下や遊び仲間ではないと思います。その者たちが伝兵衛を殺めるとしたら、三百両ではなく有り金全部を狙うのではないでしょうか。それに伝兵衛を狙うなら、わざわざ江戸まで来なくても、八王子でのほうが面倒がないように思うのですが」

隼人は頭を抱えた。

「うむむ。ますます分からなくなってきたぞ。手下や仲間でもないとするなら、いったいどんな奴だ」

「下手人は几帳面な者だと思います。お金を盗んだ後、風呂敷をまた丁寧に包んで立ち去っているのですもの」

「考えてみれば、風呂敷ごと奪っていけばよかったんだ。わざわざ金だけ持っていくというのは、確かに几帳面と言えるかもしれん」

里緒は苦笑した。

「下手人はきっと、お金にしか興味がないのでしょうね。三百両といえば包み金十二個分ですから、両の袖に包み金を六つずつ入れて、嬉々として帰っていったのでしょう。風呂敷ごと持っていくよりは、そのほうが身軽に逃げられますものね」

「なるほど、逃げやすかったというのはあるかもしれねえ。しかし、几帳面で金のことしか考えてなく、伝兵衛が三百両を持っていたことを知っていた者。……誰だ、そいつは。俺が知らねえ奴、やはり行きずりの者の犯行ではなかろうか」

「いいえ。隼人様が出会っていらっしゃる人ですわ。いるではありませんか、そういう人が一人。……隼人様、この前、仰ったでしょう。通りすがりのような、通りすがりでもないような、微妙な者の犯行なのでは、と。あのお言葉が、私の心に残っておりまして、それで気づいたのです」

「だ、誰だ、それは。教えてくれ、里緒さん。頼む」

隼人は真顔で身を乗り出す。里緒はにっこり笑って、隼人の耳元に口を近づけた。

「それはですね……」

隼人の目がみるみる見開かれた。

三

次の日、隼人は坂松堂の住処を訪ねた。四つ(午前十時)を過ぎているというのに坂松堂は寝惚け眼で出てきて、欠伸をした。

「また旦那ですか。俺じゃないですって、伝兵衛さんを殺ったのは」

隼人は笑みを浮かべ、頷いた。

「分かっておる。今日はお前さんにちょっと頼みたいことがあって来たんだ」

「なんですかい」

坂松堂は再び欠伸をして、首筋を掻く。

「お絹から聞いたのだが、お前さんは人を一目見ただけで、そっくりの似面絵を描けるというが、本当なのか」

「まあ、できますけどね」

「ではお願いする。どうしてもお前さんの力を借りてえんだ。よろしく頼む。……ちょっとカマをかけたい奴がいるのでな」

隼人に深々と頭を下げられ、坂松堂は寝惚け眼を擦って、瞬かせた。

内藤新宿の両替屋〈久利屋〉の主人善悟郎は、眼鏡をかけて帳簿を眺めていた。上品で穏やかな顔立ちに、眼鏡はよく似合う。すると手代がやってきて、善悟郎に手紙を渡した。

「今し方、届きました」

「ほう。ありがとう」

善悟郎は、手代に優しい笑みをかける。手代が下がると、封を開いた。中には二枚の紙が入っていた。絵が描かれたものと、文書だった。善悟郎は眼鏡をかけ直した。

《俺は見ていた。浅草の稲荷で、お前が男を殺して、金を奪って逃げるところを。俺にも百両よこせ。そうすれば黙っていてやる。晦日（みそか）の夜五つに、葉隠（はがくれ）稲荷に持ってこい。その刻に俺が笛を鳴らすので、その音が聞こえるほうに来い。俺の笛の音が合図だ。もし来なければ、お前の似面絵を奉行所に預ける。瓦版（かわらばん）にも載せる。手下ではなく必ずお前が持ってくること。でなければ、俺は姿を現さず、お前の似面絵が流れることになるだろう。笛男より》

同封されていた絵には、善悟郎に瓜二つの男が描かれている。

「……ふざけやがって」

善悟郎は文書を握り潰し、鬼のような顔つきになった。

葉隠稲荷は、久利屋とそう離れてはいない。卯月の最後の日、善悟郎は店を終うと、提灯を手に葉隠稲荷へ向かった。百両を包んだ風呂敷を携えている。

月がほとんど見えぬ夜、善悟郎は無表情で歩を進める。葉隠稲荷に着き、周りを見回すと、右手のほうから、ぴい、ぴいと笛の音が聞こえてきた。

善悟郎は提灯を掲げ、そちらのほうを照らした。不敵な顔つきのがっしりとした男が、笛を銜えて立っていた。男は善悟郎を見据え、にやりと笑った。

「待ってたぜ。持ってきただろうな。よこしな」

男が手を伸ばす。

すると……どこからか破落戸どもが現れ、男を取り囲んだ。五人ほどいる。今度は善悟郎がほくそ笑んだ。

「莫迦め。似面絵など、金の力でいくらでも握り潰せるわ。貴様みたいな雑魚はちっとも怖くないが、消えてもらおう。後々、面倒なことになるのは御免なのでな。……皆、やってしまいなさい」

破落戸どもが脇差を抜き、男に突き付ける。男は再び、笛を鳴らした。すると暗闇に、突然数多の明かりが浮かび上がった。

「な、なんだ」

眩しさに善悟郎と破落戸どもは一瞬たじろぐ。御用提灯を持った捕り方たちがぞくぞくと現れ、悪党どもを取り囲んだ。岡っ引きの半太と亀吉の姿もある。

隼人の凛とした声が響いた。

「両替屋、久利屋善悟郎。八王子横山宿名主の田中伝兵衛を、江戸で殺めた疑いで捕縛する」

「おのれ」

脇差を向けてかかってくる破落戸たちに、同心も刀を抜いて立ち向かう。隼人も大きな躰から迸る力で、破落戸の手首を峰打ちして脇差を落とさせ、鳩尾を殴って気絶させて捕えてしまう。

逃げようとした善悟郎には、半太と亀吉が飛びかかり、押さえつけて縛り上げてしまった。破落戸たちもすべて、南町奉行所の定町廻り同心たちによって、あっさり捕えられた。

善悟郎と手下たちは縄をかけられ、奉行所へと引っ張っていかれた。隼人は坂松堂彩光に礼を述べた。

「先生、力添えしてくれて、本当にありがとうよ。おかげで真の下手人を捕えることができた」

坂松堂は首筋を掻いた。

「よしておくんなさい。急に先生なんて呼ばれると、なにやら痒くなってきますぜ。……無事、片もついたようなので、ではこれで」

欠伸をしながら、坂松堂は立ち去ろうとする。隼人は引き留めた。

「駕籠を用意するよ。ここまで出張ってもらったのだから、それぐらいはさせてくれ」

坂松堂は振り返り、にやりと笑った。

「いや。今日はこの辺りの旅籠に泊まって、飯盛女に思い切り笛を吹かせてやりますよ。馴染みの女がいますんで」

「じゃ、じゃあ、宿代を出そう」

「ご心配は無用。俺が行けば、その女が嬉々として立て替えておいてくれますんで。では、旦那もお元気で」

坂松堂は懐手で、さっさといってしまう。取り残された隼人は、苦い笑みを浮かべ、溜息をついた。

吟味方与力の厳しい取り調べで、久利屋善悟郎はすべて白状した。田中伝兵衛にとどめを刺して殺し、三百両を奪ったのは、やはり善悟郎であった。

善悟郎が真の下手人であると見抜いたのは、里緒だった。握り鮨を摘まみながら、里緒は隼人に推測を語ったのだ。

——怪しいのは、両替屋の主人です。隼人様のお調べから察しますに、三日に恐らくしのぶさんが甲州金百両の両替に訪れて、四日に恐らくお節さんが同じく百両の両替に訪れ、そのまた翌日の五日に多江様が訪れているのですよ。どう考えたって、おかしいと思うはずですもの。百両といえば大金です。その大金を持って、三人の美女が、三日連続して両替に訪れたのですから……。それもすべて甲州金。私が両替屋の主人なら、絶対に何かあると思うに違いありません。

——女たちがここを訪れたのは、しのぶ、多江殿、お節の順だったが、両替に訪れたのは、しのぶ、お節、多江殿の順だったということだな。

——はい。しのぶさんは二日にここで伝兵衛と会われて、翌三日に両替に向かわれたのでしょう。多江様は三日にここで伝兵衛と会われましたが、両替に向かわれたのは五日だったと思われます。あのようなご性格ゆえ、きっと、ぎりぎりまで躊躇われたのではないでしょうか。お節さんは四日にここを出て、その足で早急に両替に向かわれたのだと思います。両替屋が店を終う間際に駆け込んできた女人と申しますのは、お節さんだったのでしょう。

——なるほど。両替するにしても、慎重だったり、せっかちだったり、それぞれの性格が表れているな。

——さようでございますね。そのように、一人来て、二人来て、三人目の多江様の様子を見て、両替屋の主人は、ついに好奇心を抑えきれずに尾けていったのですわ。きっと多江様は酷く憔悴されていて、挙動がおかしくて、主人は何かを嗅ぎ取ったのでしょう。……内藤新宿からこの辺りまでの距離ならば、多江様は途中で駕籠に乗られたと思います。それゆえ長い道程でも、却って気づかれずに尾けることができたのでしょう。

——あの日、多江殿は内藤新宿から、二人に尾けられていたってことか。鳥刺しの八十助と、両替屋の善悟郎に。

——そういうことになりますね。そして、善悟郎も目撃したという訳です。多江様が秋草稲荷で伝兵衛と落ち合い、百両を渡したところを。そしてその後のことも、一部始終。八十助さんが伝兵衛に一撃を食らわせて逃げた後、善悟郎は地面に落ちた百両を奪おうと思って、しめしめと出ていったのです。でも、伝兵衛はまだ息があって、躰を動かしたか、起き上がろうとしたのでしょう。それで近くにあった大きな石を摑んで、何度か殴って、とどめを刺したのです。善悟郎は、あとの二百両も伝兵衛が女人たちから受け取っているであろうと、察していたでしょう。それで風呂敷を開けてみたら、案の定二百両が入っていたので、それをも奪い取って、逃げたのではないでしょうか。

――そう言われてみれば、そうだ。甲州金百両を両替に来た者が、連続して三人。それも妙齢の女ばかり。これは何かあると思って、当然かもしれねえな。……俺が久利屋を訪ねた時、あの主人は堂々と帳簿を見せて、女たちが来たことを話したから、すっかり信用しちまっていた。あん時、俺に偽の帳簿でも見せて、女たちが訪れたことを話さなければ……勘づかれなかったかもしれねえのにな、さすがの里緒さんにも。突然聞き込みにいったんで、そこまで頭が回らなかったんだろうか。

――いいえ。主人は、敢えて正直に話したのではないでしょうか。隼人様の探索によって、多江様たちが突き止められ、彼女たちの口から久利屋で両替をしたとの話が出ましたら、ではどうして久利屋の主人は嘘をついたのだろうと怪訝に思われてしまいますでしょう。そこから足がついてしまうかもしれません。ならば彼女たちが両替にきた事実は、正直に伝えたほうがよいと思ったのではないでしょうか。また、主人には、自分は絶対に疑われないという自信があったのでしょう。

一見、伝兵衛にも、彼女たちにも、まったく関わりのない者でありますがゆえに。

――なるほどなあ。いやあ、恐れ入ったぜ、里緒さん。

里緒の鋭さに、隼人は正直、舌を巻いたものだ。

里緒の勘を間違ってはいないと思った隼人は、すぐに内藤新宿に飛んで、以前泊まった、しずく屋の飯盛女のお紺に声をかけ、探ってもらった。両替屋の久利屋の主人が、近頃やけに羽振りがよいなどという噂はないかどうかを、だ。

隼人が頼むとお紺は嬉々として直ちに動き、摑んできてくれた。

――あそこのご主人、なにやら近頃、連日呑み歩いているみたいですよ。うちには顔を見せないけれど、この辺りの旅籠にも上がって遊んでいるようです。飯盛女たちを集めて芸者代わりにして、椀飯振舞(おうばんぶるまい)しているそうですよ。

その話を聞いて確信した隼人は、坂松堂に頼んでカマをかけたという訳だった。坂松堂を内藤新宿に連れていき、久利屋を覗かせると、あっという間に特徴をよく摑んだ主人の似面絵を描いてくれた。それを使って、善悟郎の出方を見たのだった。

殺しの下手人は善悟郎だったが、多江と八十助も咎めを受けることとなった。多江は離縁され、八十助とともに江戸払いとなった。

北詰修理は最後まで悩んだようだが、親戚一同がもはや黙ってはいなかった。これ幸いにと、多江を追い出したのだ。

隼人から話を聞き、そのような処遇となった多江の身を、里緒は案じていた。だが多江は思いの外、気丈だった。離縁を申し出たのは、実は多江のほうからだったのだ。北詰が大切だからこそ、これ以上迷惑をかけることはできないと思ったのだろう。

多江が江戸から出ていく日、隼人は内藤新宿まで見送りに付き添った。大木戸を出る前、多江は隼人に深々と頭を下げた。

「ご迷惑をおかけしました。お心遣い、いろいろありがとうございました。江戸払いで済みましたのも、山川様のおかげです」

「いや、私だけではない。上の者たちが皆、多江殿のお心を推し量ったゆえですよ」

多江は、くすっと笑った。

「嫌ですわ。もう、多江殿、などとお呼びにならないでください。多江と呼び捨てにしてくださって構いません」

皐月晴れの空の下、多江の顔からは翳りが消えている。隼人は目を細めた。

——北詰様の奥方になってから、ずっと、どこかで無理をしていたのかもしれないな。このようなことになって、むしろさっぱりしたのでは。

隼人は多江に笑みを返した。

「何か困ったことがあったら、手紙をください。お力になれるよう努めます」

「ありがとうございます。取り敢えず八王子の生家に戻って、離縁されたことを家族に告げ、今後のことをゆっくり考えたいと思います」

「それがいい。探索で久しぶりに八王子を訪れましたが、長閑で景色もよく、よいところです。あそこの風に吹かれたら、気分も晴れるでしょう」

多江は笑顔で頷く。

「嫌なこともあった場所ですが、久しぶりに帰ってみようと思います。家族の顔も見たいですし」

隼人も笑顔で頷き返した。

「お気をつけて。……あ、これ、よろしければ道中召し上がってください。雪月花の里緒さんからです」

隼人は多江に、雪月花弁当を渡した。多江はますます顔をほころばせた。

「まあ、嬉しい。あちらのお料理、本当に美味しかったですから。楽しみだわ。何が入っているのかしら」

「聞いたところによりますと、梅干しの握り飯、煮しめ、鰯の生姜煮などのようです。ほかにも入っていると思いますよ」

「私の好きなものばかり。山川様、里緒さんにお伝えくださいね。私が心からお礼を申していたと」

「はい、伝えます」

「私……岡っ引きの半太さんにも感謝しているのです。あの時、番所に連れていかれたら、私、こんな風に笑顔で去ることができなかったと思うのです。里緒さんたちのもとへ連れていってくれたから、傷ついた心を静めることができたのです。人の温かさに触れ、立ち直ることができました。皆様に……ありがとう、と」

「伝えます、必ず」

多江は安堵したような笑みを浮かべ、もう一度深く辞儀をすると、凜として大木戸を出ていった。決して振り返らぬ多江の後姿を、隼人は、見えなくなるまでずっと見送っていた。

大木戸を出て玉川上水沿いを真っすぐいくと、緑が広がり始める。多江は手ぬぐいで汗ばむ額を拭いながら、甲州街道を歩いていった。皐月の爽やかな風に吹かれ、眩しい緑の中、ひたすら歩を進める。

四里（約十六キロ）ほど歩き、上高井戸の辺りで天気雨に見舞われたので、多江は雨宿りを兼ねて一休みすることにした。街道沿いに無人の掛茶屋があったのでそこに入り、雨に濡れた笠を脱ぎ、隼人に手渡された弁当を広げる。梅干しの握り飯、蒟蒻と厚揚げと絹さやの煮しめ、鰯の生姜煮、鶉の卵の天麩羅、胡瓜の漬物が詰まっていて、多江は顔をほころばせた。

掛茶屋には、旅人が好きにお茶を飲めるよう、湯沸かしや湯呑みが置いてある。だが、多江の水筒にはまだ水が残っているので、それを飲むことにした。雨は一頻り降って、やんだ。雨の後の爽やかな空気を感じながら、梅干しが入った握り飯を頬張る。美味しくて、風が心地よくて、多江は目を細める。水を飲むと、喉を転がるように下りていく。多江は息をつき、笑みを浮かべた。

すると、どこからか自分を呼ぶ声が聞こえてきた。

「多江様、多江様」

辺りを見回すと、八十助が駆けてくる姿が目に入った。多江は弁当を横に置き、立ち上がる。八十助は息を荒げながら、額に滲む汗を腕で拭った。

「ようやく追いつきました。……俺でよければ、同行させてください。お荷物、お持ちしますので」

八十助の日焼けした顔から、多江はふと目を逸らした。

「でも……」

「用心棒代わりです。女人一人では、やはり物騒ですから。俺じゃ頼りないかもしれないけれど、いないよりはマシだと思います。あ、ご心配はいりません。多江様を送り届けましたら、俺は去りますので。しつこくつきまとったりなんて、分別のないことは決してしません。お約束します」

八十助の真摯な思いが伝わってきて、多江は不意に目を潤ませる。多江は、隼人から聞いて知っていた。八十助が事件に関わっていたことや、彼の自分に対する思い、自分を庇おうとしてくれたことを。

多江は指でそっと目を擦り、八十助に微笑んだ。

「では、お言葉に甘えて、用心棒をお願いするわ。でも、多江様というのはやめて。私はもう与力の妻ではなく……ただの女なのだから」

二人の目が合う。多江は、汗ばむ八十助に手ぬぐいを渡した。八十助はそれを受け取ったが、雨と汗に濡れた躰を拭く訳でもなく、多江を見つめ続ける。

「……多江さん、お供させていただきます」

多江は頷く。八十助も笠を脱ぎ、二人は並んで、一つの弁当を一緒に食べた。

これから先、八十助は山に入り、猟師になりたいという。

「以前から、そういう暮らしに憧れていたんです。よいきっかけになりました」

八十助の無邪気な笑顔を見ながら、多江の心は締めつけられる。

「ごめんなさい……私のために」

「い、いえ。そんな、謝らないでください。俺があの時もう少し機転を利かせていれば……。多江さんにまったく疑いがかからないようにできたかもしれないのに」

多江は首を大きく横に振った。

「いいの、もう。身から出た錆だったですもの」

「俺も、もう、いいです。こうして多江さんと一緒に弁当が食えるんですから。それだけで、俺は幸せです」

八十助は鰯の生姜煮を頰張り、顔をほころばせる。洟を啜りつつ、多江は蒟蒻を食べた。

「旨いですね」

「本当……美味しいわ」

「この弁当もいいですが、多江さんの料理も旨かったです、とっても。鳥刺したちの間で絶賛されてましたよ」

多江は俯き、長い睫毛を瞬かせる。

「ねえ、八十助さん。高尾山で猟師をしてみてはどうかしら。……あそこは私の実家と、さほど離れていないわ」

二人の目が合う。どこからか、鳥のさえずりが聞こえてくる。雨上がりの空には、虹が架かっていた。


晴天に雲がたなびき、鯉幟が泳いでいる。往来では子供たちが菖蒲打ちをして、笑い声を上げていた。菖蒲打ちとは、平たく三つ編みにした菖蒲の葉で地面を叩く遊びのことで、皐月五日の風物詩だ。菖蒲の鞭の出す音が一番大きかった者、もしくは最後まで鞭が切れなかった者が勝ちとなる。夢中で遊んでいる子供たちを眺めながら、隼人は悠々と歩いていた。

今日は朝から忙しかった。皐月は除災や除疫の夏祭りがしばしば行われ、今朝も水垢離の梵天祭りがあったのだ。早朝に、赤青白の大きな梵天を載せた大伝馬船を、若者たちが飛沫を立てて隅田川の中へと引いていった。威勢のよい若者たちが伝馬船とともに隅田川に入っていくのは壮観でありながらも、危険が伴う。

川に飛び込む者もいるからだ。

それゆえ隼人は朝早くから見廻り及び警護に当たっていたという訳だ。その梵天祭りも無事に終わり、隼人は清々しい気分だった。浅草のほうへと向かい、鳥越橋を渡っていると、後ろから飛びついてくる者がいた。

「旦那、見つけた」

驚いて振り向くと、女絵師のお絹だった。

「おう、お前さんか。相変わらず元気そうで、なによりだ」

「ふん、なによ。探索に力添えして、坂松堂を紹介してあげたっていうのに、何の音沙汰もないいんだから。顔ぐらい見せてくれてもいいじゃない」

お絹は橋の上で隼人にもたれかかり、唇を尖らせ拗ねてみせる。隼人は眉を掻いた。

「忙しかったんだよ。事件を解決せねばならなくてな。お前さんには感謝してるぜ。坂松堂の先生のおかげで、下手人をとっ捕まえることができたからな。改めてちゃんと礼を言いにいこうと思っていたんだ」

お絹は爪紅を塗った指先で、隼人の厚い胸を突いた。

「じゃあ、これから来てよ、私の家に。約束守ってくれるわよね。事件が解決したら、私の家へ遊びにきてくれるって言ったじゃない。武士に二言はないはずよ」

「分かった、分かった。また日を改めてな。今日はまだ仕事が残ってるんだ」

「とか何とか言って、女のところに行くんでしょう」

お絹は紅い唇をますます尖らせる。隼人は再び眉を掻いた。

「なにを言ってんだ。まだ日の明るい刻だぜ、勤めがあるんだ。……それによ、お前さんだって北斎先生といい仲だっていうじゃねえか」

「あら、それとこれとは、別よ。旦那みたいないい男は、なにやら放っておけないのよ。女の性ね」

お絹に悩ましげな目でじっと見つめられ、隼人はなんともいえぬ気持ちになる。

「……だいたい、どこがいいっていうんだ、俺みたいな男の。俺は二枚目ではないだろう」

お絹は隼人の胸と頭を指差して、妖艶な笑みを浮かべた。

「男は、心と才、でしょ。顔じゃないわよ」

そして上目遣いで、豊かな胸を押し付けてくる。隼人は笑った。

「ははは。嬉しい言葉、ありがとな。また今度、一緒に甘いものでも食おうぜ」

隼人はお絹の頭を撫でると、すっと身をよけ、鳥越橋を大股で闊歩（かっぽ）していく。

「もう、旦那の意地悪」

お絹は隼人の背中に向かって叫び、頬を膨らませた。


隼人はその足で、山之宿町の雪月花へと向かった。市中見廻りという名目で、里緒の顔を見にきたのだ。雪月花でも軒に菖蒲を差し、邪気を払っていた。

――やはり、よい旅籠だ。派手ではないが、隅々まで磨かれ、いつ訪れても清らかな趣がある。

隼人が旅籠の前に立って、その佇まいに目を細めていると、打ち水をするために里緒が出てきた。隼人の姿を目に留め、里緒は微笑んだ。

「あら隼人様、こんにちは。見廻りですか。お疲れさまです」

「うむ。よい眺めだと思っていたのだ、なんとも風流な旅籠だとな」

白練(しろねり)色の着物を纏った里緒の麗しい姿に、隼人は眦を下げる。

「嬉しいお言葉、ありがとうございます。……隼人様、お急ぎですか。もしお時間ございますなら、女の皆で柏餅(かしわもち)を作りましたので、召し上がっていらっしゃいませんか」

里緒に優しく誘われれば、隼人は従わずにいられない。

「うむ。忙しくない訳ではねえが、急いでいる訳でもねえ。お言葉に甘えて、馳走になるとしようか。すまんな、いつも」

「謝らないでください。召し上がってくださらないほうが、失礼なことなのですから。……ほら、早く上がってくださいまし」

里緒に背中を押され、隼人は眉を掻きながら雪月花へ入っていった。

「あら旦那、いらっしゃいませ」

お竹が明るい笑顔で出てきて、お栄とお初が盥を運んでくる。隼人はさりげなく断った。

「旅の途中という訳ではねえし、それほど汚れている訳ではねえから、足を濯がなくてもいいぜ。なんだか悪いからな」

「いいえ、今日は訪れてくださった皆様のおみ足を洗わせていただいているのです。端午の節句の今日は、菖蒲を浮かべたお湯を楽しんでいただきたいので」

お栄とお初が声を揃える。盥に張った湯には、確かに菖蒲が浮かんでいた。

「そうか……。いい心がけじゃねえか。こういうもてなしの積み重ねが、いっそうお客を増やすんだな。では、遠慮せず、濯いでもらおうか」

「はい。どうぞ雪駄をお脱ぎください」

上がり框に腰かけた隼人の足を、お栄とお初が丁寧に洗い始める。帳場から吾平も顔を出した。

「おう、旦那、いらっしゃいませ。柏餅、たっぷり食べていってくださいよ。女将が張り切って作りましたんでね」

「あら……私だけでなく、皆で張り切って作りました」

吾平のからかうような口ぶりに、里緒は唇を尖らせる。すると奥から料理人の幸作が声をかけた。

「柏餅とお茶、女将さんの部屋に置いておきましたんで」

吾平とお竹は顔を見合わせ、笑みを浮かべる。

「まあ、用意のいいこと」

「兜(かぶと)人形を飾ってよかったな。強い男についていてもらえば、この先、安心だ」

皆の笑い声が雪月花に響いた。

里緒の部屋で、隼人は柏餅を味わった。心地よい季節、開けられた障子からは、夏椿が白い蕾(つぼみ)をつけているのが見える。みずみずしい草花を眺めながら食べる柏餅は、格別だった。

「粒餡も漉餡も頬が落ちそうなほど旨えが、この味噌餡も絶品だなあ。なにやら舌だけでなく心まで蕩けちまいそうだ」

隼人はうっとりとした面持ちで、目を細めた。

この時代の柏餅は、米粉から作る。米粉を練って成型し、二つ折りにして、餡を挟んで、柏の葉で包んで蒸す。雪月花では小豆餡の柏餅だけでなく、味噌と砂糖を混ぜ合わせた味噌餡の柏餅も作っていた。ちなみに小豆餡のものは、柏の葉の表を外向けにして包む。味噌餡のものは、柏の葉の裏を外向けにして包んだ。

「よかったです。お気に召していただけて」

里緒は嫋やかな仕草で、隼人にお茶を淹れる。隼人はお茶を啜って、またも目を細めた。

「いや、実によい端午の節句を迎えることができた。里緒さんの名推理で、事件も無事解決したしな。悪い奴が悪い奴に殺されて、下手人は捕まって死罪となった。悪人が共に滅びて、めでたし、めでたしだ」

「……多江さんと八十助さんはお辛かったでしょうが、やり直せますよね、あのお二人なら」

「うむ。八十助は多江さんを追いかけていったようだから、仲よく支え合っていければよいな」

「私も、そう祈っています」

　里緒の笑顔が、隼人の心を和ませる。

「気立てのいい二人だ。大丈夫だ、きっと」

「そういう方たちには必ず、味方してくれる人、応援してくれる人が現れますものね。やはり大切なのは、心ですわ」

　隼人は大きく頷く。

「まことに。そうでなければ、三枚目の俺など生きていけねえからな」

「そんな……。隼人様、よいお顔立ちではありませんか。真っすぐなお心が表れていらっしゃいます」

　隼人は里緒を見つめた。

「里緒さんにそう言ってもらえると、世辞でも嬉しいぜ」

「あら、お世辞ではございません。本当にそう思っておりますので、申したまでです」

「そうか。なら、自信がついた。ありがとよ。里緒さんも素直なよい心が、外見に表れてるぜ。それがゆえの看板女将って訳だな」

「お褒めのお言葉、こちらこそありがとうございます。二親からいつも言われておりました。旅籠のお仕事をするうえで最も大切なのは、お客様をおもてなする心だと。その心を磨かなければ、旅籠も磨かれることはないと」

「うむ。よい教えだ。心ってのは、見えないようで、見えるもんだからな。不思議とよ」

「人の心を見抜いていくことが、探索のお仕事ですものね。時に厳しく、時に温かに」

「確かにそうだ。さすが里緒さん、分かっておるな」

「いつも生意気なことを……申し訳ございません」

「いやいや、これからも力になってほしい。よろしくな」

二人は微笑み合った。

隼人は話しながらも、絶えず柏餅に手を伸ばす。眦を下げて頬張る隼人を眺めつつ、積まれていく柏の葉を数えて、里緒は目を丸くした。

「まあ、それで七つ目ですよ」

「だから俺って痩せねえんだよなあ」

嘆きながらも、隼人はやけに嬉しそうだった。

光文社文庫

文庫書下ろし／長編時代小説
旅立ちの虹　はたご雪月花
著者　有馬美季子

2021年5月20日　初版1刷発行

発行者　鈴木広和
印刷　新藤慶昌堂
製本　フォーネット社

発行所　株式会社　光文社
〒112-8011　東京都文京区音羽1-16-6
電話（03）5395-8149　編集部
8116　書籍販売部
8125　業務部

落丁本・乱丁本は業務部にご連絡くだされば、お取替えいたします。
ISBN978-4-334-79198-8　Printed in Japan

組版　萩原印刷